JN033418

ヴァリアシオン

白鳥たちの舞

Yuko Watanabe
渡邊 裕子

文芸社

目次

※この物語はフィクションです。登場する人物・団体・名称等は架空であり、実在のものとは関係ありません。

第一話

ひかりの道

二方の壁全面に張り巡らされた大きな鏡の中に、ワインカラーのレオタード姿の、一人の痩せぎすな女が映る。髪はひっつめて纏め、ごくあっさりとした薄化粧のこんな姿だと、さすがに四十三歳という年齢が滲み出ているように感じ、白浜由美は小さく吐息を漏らした。

十八歳の時に新人ダンサーの登竜門、「ローザンヌ国際バレエコンクール」で受賞、英国ロイヤル・バレエスクールに留学し、卒業後バレエ団のプリンシパル（主役級を演じるソリスト）の地位を得て活躍。数年後、言わば逆輸入の形で日本の「ＳＫバレエスタジオ」に入団、数々の主演を務めてきた。自身のこれまでのバレリーナ人生を振り返り、とても恵まれて幸せだったと思う。

目鼻立ちのはっきりとした舞台向きの容姿と、均整のとれたプロポーションは、有利に働いたと言える。だが、何より人一倍のレッスンをみずからに課してきたつもりだ。

そんな自分の努力とバレエへの愛を、誰よりも彼は理解してくれていた。否、理解してくれていると信じていた。

――そう、パートナーだったのだから。

ふと、黒川真治（くろかわしんじ）の端整な面影が脳裏をよぎり、ハッとした。広い稽古場に独り、この心を覗（のぞ）き見する者など誰もいない。なのに何故（なぜ）か動揺してしまった。打ち消すように乱暴に首を振り、バー（基礎練習の際につかまる横木）の前に立ち、レッスンを始めた。

ようやく夏の暑さも薄らいできた季節とは言え、たちまち全身に汗が噴き出す。真剣に身体を動かしながらも、男の面影は胸の奥にこびりついて離れなかった。

黒川真治は五歳年上のダンスール・ノーブル（プリマに対して男性の主役級舞踊手）で、やはり一時期ロイヤル・バレエ団に属し、我が国で最も国際的に成功した踊り手の一人に数えられる。

同じ日本人同士として、由美はロイヤル時代に真治と踊る機会に恵まれ、その時から彼に強く惹（ひ）かれた。彼女の踊りの持ち味や癖を理解し、長所を引き出し弱点を補う、絶妙なサポートで盛り立ててくれた。彼とだと安心してのびのびと踊れる。いわゆる「息が合う」とはこういうこと、この感覚だ。踊るたびにそれを実感し、いつしか真治は無二のパートナーとなっていた。

そんな二人が、互いに男と女としても惹かれ合うようになったのは、自然の成り行きだった。

真治がロイヤルとの契約期間を終え、帰国してみずから主宰するバレエ団、「ＳＫバレエスタジオ」を立ち上げた際、由美も迷うことなく二十五歳で退団し、東京に戻りＳＫに移籍を決めたのも、彼と踊りたいがゆえだった。

今想えばＳＫでの約五年間が、最も充実した幸せな日々と言えた。白浜由美と黒川真治は、その偶然の名字から「白黒カップル」等とも呼ばれ、人気、実力ともに我が国トップに君臨し続けた。

そして、三十歳の誕生日を目前に控えたある日、真治にプロポーズされた。舞台での最良のパートナーであり、心底慕う男性からの求婚……。由美の胸は幸福に震えた。が、次の瞬間、喜びは一転、失望に変わった。

――その時はステージを引退し、家庭に入ってできるだけ早く、子供を産んでほしい。

彼の口から語られた信じ難い言葉への衝撃と落胆は、十三年経った今なお、胸の棘（とげ）として疼（うず）く。

男性が妻となる女性に良妻賢母を求めることは、ある意味当然だし、責められるべき考えでもない。また、子を産み育てる専業主婦の生きかたを、否定するつもりもない。だが、真治に限っては、結婚後も可能な限り共に舞台で踊り続けることを期待し、喜んで認めてくれると、疑いもせず思い込んでいた。何故なら彼自身が、誰よりも踊りを愛するバレリーノ（男性舞踊手）だから。人生のすべてとも言えるバレエを奪われるのが、いかに辛（つら）い責め苦か、同じ立場の彼ならわかるはず。なのに平然とそんな要求をする……。それはこれからの生きかたのみでなく、由美のプリマとしての資質を否定するに等しい、酷（ひど）い仕打ちだった。

結局申し出を断った由美は、気まずくなり彼とのコンビを解消。ＳＫを退団し、フリーダンサーとして、さまざまなバレエ団の公演にゲスト出演するなど、精力的な活動を続けた。

一方、真治のほうも別れた後、次々に有望な若い踊り手を育てては、相手役としてデビューさせており、彼女たちには才能と魅力を併せ持った逸材も多かった。それに嫉妬や不満はない。しかし、彼がその中の一人と間もなく結婚。相手のバレリーナは引退、やがて出産したと知った時には、やはり心がざわめかずにはいられなかった。

そんな真治を見返したい想いも手伝い、さらにバレエに精進した。三十代後半にさしかかっても、踊りは衰えることなく、ますます円熟の深みを増してきた、と評価する批評家やファンたちに支えられ、ステージに立ち続けた。

けれど四十路を迎えた時、由美は引退を決めた。まだまだ踊れるうち、落ち目になる前に惜しまれつつ辞めたい、引き際はきれいにしたい、というのがもちろん第一の理由だった。けれどそれだけではない。真治と踊れぬバレエに、以前ほどの情熱を感じられなくなってしまったのを、認めざるを得ない。

遅かれ早かれ、肉体の衰えと限界の日はやって来る。そうなった後の半生でも、生涯バレエと関わり続けたいと、指導者の道を選んだ。

現役プリマとして活動していた頃から、すでにSK付属スクールを手伝い、教える経験を積んでいたし、SK退団後も複数のバレエ団や教室で、多くの生徒たちを受け持ってきた。若い子たちのキラキラした瞳、ひたむきな努力、そして日ごとの上達を目の当たりにするのは、大きな喜びと言えた。

教えるのは楽しい。若い頃には思いもよらないことだったけれど、案外自分には向いているようだ。そう考え、ステージの第一線を退くのを機会に、都内に自身のバレエ教室を開いた。「スワン・バレエスクール」と名付けスタートしたものの、初めは生徒たちが集まるかどうか、本当にやってゆけるのか不安だった。幸いプリマとしての知名度によるものか、予想以上の応募者数で、嬉しい悲鳴をあげさせられた。

　これまでのような舞台の片手間仕事とは違い、教室の主宰者、校長としての責任と自覚を持ち、心して真摯に、若手の育成に当たらねばならない。改めて先輩講師たちのアドバイスを受け、指導法を学んだりもした。

　とは言えなお、迷いは残る。はたして本当に、正しい道を選んだと言えるか？　それは同時に、みずから退いた舞台への、未練の心でもあった。まだ踊れたのでは？　もっと踊るべきだったのでは？　再び真治と組むことは、叶わぬ夢としても……。

「おはようございます」

　明るい声に、由美は回想から引き戻された。

「あ、おはよう。今日もよろしくね」

　笑顔で現れたのは渡部千尋。今年二十三歳で、アシスタントとして小児クラス他の代稽古をしている。かなりのテクニックはあるものの、プロのダンサーは目指さず、指導者になりたいらしい。土曜担当の千尋の他、別の曜日に二人ほど助手を雇っており、今では三人ともなくてはならぬ存在と言えた。

紺のレオタードに着替えてきた千尋は、由美よりも背が高く、さらに痩せた体型だ。

「ええと、今日のCDを……」

言い終える前に、壁際のラックの中から用意し始める。なかなか気のつく子だ。

間もなく朝十時のクラスの始業。土曜午前中の上級クラスは、学生など二十歳前後の若い女性中心で、巧(うま)い子ばかりなので、教え甲斐(がい)を感じる。

「ああ、ひかりちゃん、おはよう」

間もなくやって来たのが、短大生の清水(しみず)ひかり。大概いつも生徒たちの中で一番乗りだ。

「今日もよろしくお願いします！」

ハキハキとした挨拶が心地よい。

ひかりは、以前講師として手伝った小さなバレエ教室の生徒で、当時中学生だった彼女は、そこで群を抜いて巧く、一目で類(たぐい)まれな素質を感じさせた。練習熱心で呑(の)み込みが早く、すべてを漏らさず吸収し、めきめきと上達した。努めて依怙贔屓(えこひいき)はしないつもりだが、それでも彼女を見るのは楽しく、目をかけてきた。

そして由美がその教室での指導を辞し、自身の「スワン・バレエスクール」を開校した際、ひかりはこちらについて来てくれた。だから彼女は、由美がこれまで最も長い年月教えた、一番弟子とも言える子だ。

ひかりはこの土曜の十五人ほどのグループ・レッスンの他に、週に二度の個人レッスンも受講中だ。個人の時は、単なるお稽古事ではなく、プロの団員たちに対するのと同じやりかたで、妥協せず接するし、相手も厳しい特訓に、負けずについて来てくれる。

高校卒業後、プロの舞踊家を目指すべく、S音楽大学短大のバレエコースに進学。短大でのレッスンと並行し、ここでの勉強を続けている。由美を慕ってきた、彼女の期待に応えねば……。

やがて着替えて現れたひかりは、自主的にレッスン前の柔軟運動を始めた。真面目(まじめ)で熱心なところは、初めて出会った少女の頃から変わらない。

日本人離れした身体つきは、プリマとして理想的な申し分ないスタイルで、その容姿も品が良く整った面立ちだ。子供の頃は、いわゆるかわいらしい顔ではなかったのだが、成長するにつれてきれいになってきた。特に最近は、時にハッとさせられるような輝きがある。

他の生徒たちも順次集まり、十時のレッスンを開始した。

バーを使っての基礎練習は地味で、おもしろいものではない。だが、初心者から一流プロまで、誰もが必ず毎回欠かさず行う訓練であり、バレエを辞める最後の日まで、このくり返しは続くのだ。

三十分ほどのそれが終わり、十二月に予定している発表会用プログラムの稽古が始まる。

今回の会は、一つの大作を上演するのではなく、名作の一場面や個々のナンバー、小品の数々を集めた「ハイライト集」である。生徒たち各自の年齢、キャリア、習熟度に合わせた難易度の踊りを選んだ。初心者や子供たちはコール・ド・バレエ（群舞）、中級者には三人や四人の組み踊り、そして上級者には、ヴァリアシオン（ソロの踊り）やパ・ド・ドゥ（主役級の男女二人が組んで踊る場面）、というふうに。

生徒たちは順番に、中央に進み出て自分が与えられた作品を演じる。プログラムの練習を始めてほぼ一箇月の現在、もうすでに完全に振付けを覚えて見事に踊る子もいれば、まだまだ間違いだらけでおぼつかぬ者も多い。そういう人たちにも、焦らず懇切丁寧に仕込むことが大切なのだ。

自分の順が来るまでは教室の壁際に座り、他の生徒の踊りを見ながら待つわけだが、そうした時の態度にも、各人の性格や熱心度が垣間見られて、興味深い。

やがてひかりの番になった。彼女の演目は名作『眠りの森の美女』のヒロイン、オーロラ姫のヴァリアシオンだ。主なものが二つあり、一幕と三幕に踊られる。どちらも華やかで魅力的なシーンであるが、それぞれに違う表現が求められる。初登場の一幕では十六歳になったばかりの乙女の初々しさ、清純な輝きが重要なのに対し、結婚式の三幕には、もっと成熟した女らしさ、艶やかさと気品が要求される。

そして今回ひかりが踊るのは、三幕のほうだ。

邪悪な魔女の呪いを受け、百年間眠り続けた姫は、城を閉ざす禍々しい森をものともせず救いに現れた王子のキスによって目覚める。その瞬間、姫も王子への恋に落ちたのだ。もう無邪気なだけの少女ではない。恋を知った女性へと生まれ変わった、大人の女としての色艶も見せねばならない。普通素人のレベルなら、そこまで細かい演じ分けは求めず、回転技やバランスなど、テクニックの面さえ難なくこなせれば、それだけで充分合格点と言えた。

しかしひかりには、さらに一歩上を行ってほしい。単に形だけ巧くなぞるのではなく、内面からの表現を身につけてほしい。それは彼女がプロの踊り手を目指すためには、必要な条件と言えた。

　ひかりが幾らか緊張の面持ちで位置につき、ポーズを取る。彼女は毎回レッスンを、本番の舞台さながらの真剣さで踊るのが、こちらに伝わってくる。

　柔らかな音楽が流れ、舞い始めた動きは、繊細で優美だった。しなやかな腕、指先から足の先まで、女らしい情感に溢れている。そして何より、その表情は恋する乙女のそれだった。

　同世代同ランクの生徒たちの中で、常に群を抜いて高度なテクニックを持ち、技術的にはトップクラスなのに、いま一つ味わいに乏しいというか、優等生的な硬さが残るのが、ひかりの課題であった。それがどうだ……。今までとは確実に変わっている。由美は指導する立場を離れ、思わず柔らかで抒情的な表現に見入ってしまった。

「とっても良かったわよ。いつも注意してきたけど、オーロラ姫の感情表現が凄く巧くなったわ」

　わずか数分の踊りで、観る者を完全に引き込んだひかりを、由美は素直に讃えた。

「ありがとうございます」

そう頭を下げた彼女は、いつもの生真面目な生徒の顔だったが。

土曜のレッスンがすべて終わり、更衣室に入ると、助手の渡部千尋が一足先に着替え中だった。

「あ、先生、お疲れさまです」

千尋の笑顔はさわやかだ。確かに一日教え続けた後は、心も身体もかなりの疲労を感じるが、充実した心地よさも同じくらい強い。

「貴女(あなた)もありがとう。お疲れさま」

千尋たちが支えてくれているからこそ、こうして自分も教室を続けていられるのだ、と改めて感じるこの頃だ。

「それにしても、ひかりちゃん、何だか見違えるように巧くなったわね。あ、テクニックじゃなくて……」

「そうですね」

すぐにうなずいたのは、相手も同じことを感じたからか。

「彼女は顔の表情とか役作りの面が、まだまだだったけれど、今日はとても細やかな表現ができていたわ。恋する乙女らしい……。案外本当に、恋してたりね」

半ば冗談のつもりで言ったのに、千尋はちょっと考える顔をして、

「もしかしたら、そうかもしれません」

と言うではないか。

「えっ？　どういうこと？」

「あの、実は最近、ここの外で男の人が待っていて、嬉しそうに一緒に帰って行くところを見かけたんです。まあ、親戚とかかもしれないけど、あのようすは……」

話す千尋も、興味津々のようすだ。

「そうだったの？　初耳だわ」

「うーん、三十歳くらいかな、けっこうイケメンで……。そう言えば彼女、更衣室とかでよく熱心にメールしたりしてるけど、あの男性相手なんじゃないかな？　あ、私の勘違いかもしれないので、誰にも言わないでくださいね」

千尋は急に縮こまり、唇に指を当てた。

「大丈夫、心配しないで。でも、あのひかりちゃんがねえ……」

「あの、本当かどうかはわかりませんよ」

と千尋は重ねて言って手を振ったけれど、あり得る話と思われた。中学生の時から見続

けているためか、どこかまだ子供のように感じていたひかりも、もう二十歳。恋をしても不思議はない。

——私の場合は……。

あくまでバレエのパートナーとして共に過ごすうち、いつしか徐々に誰よりも大切なくてはならぬ相手になっていた……。

だが、すべて終わった過去のこと。胸に浮かびかけた黒川真治との想い出を、強引に奥へと押しやった。

数日後。その夜の最終クラスが、ひかりの個人レッスンだった。通常のグループの時と違い、難しい技の稽古も積極的にさせるし、プロのバレリーナになるために必要な訓練主体のプログラムを組んでいる。むろん、発表会が近づいた頃には、やはり舞台での演目の仕上げが中心となる。今の場合、例のオーロラ姫のヴァリアシオンを実例として、普遍的なバレエの真髄のようなものも伝えられれば、と願う。

基礎練習に続き、オーロラ姫の踊りを始める。やはり今日も見事な、以前とは格段の違いの出来だ。

「このシーンは王子様との結婚式よ」

「はい」とうなずきつつも、由美が改めてそれを強調した意味がわからないらしく、ひかりは軽く首を傾げた。

「つまり、目の前に夫になる王子がいるの。組んで踊るところはもちろんだけれど、こうして独りで踊るヴァリアシオンの場でも、いつもすぐ側に愛する王子様はいるのだし、彼は見守ってくれてるのよ。だから、どんな瞬間も王子のことを想って、常に彼のまなざしを意識して演じなさい。貴女は、愛する人に見つめられてるの。わかるわね」

そこで次の言葉を付け加えたのは、先日千尋から聞いた話をふと意識したからだった。

「ひかりちゃんも、誰か好きな人とか、憧れのスターとかを想い浮かべて」

瞬間、彼女の頬に紅が差したのに、由美は気づいた。

そして二度目に演じたそれは、先ほどよりさらに艶めかしい美しさを増したものだった。微かな目の伏せかた、頬の色、すべてが示すものを見ながら確信した。ひかりは恋をしている、と。

「すばらしかったわ。今のを忘れずにね」

充実した一時間のレッスンが終わり、着替えて出てきた彼女を待って声をかける。

「お腹すいたわね。良かったら、たまには一緒に食べてかない？」

バレエスタジオから最寄りの小田急線S駅は、歩いて数分で、駅前にはレストランが数多い。由美は電車で二駅のマンションに帰ってから自炊をする場合が多いが、遅くなった日や、疲れて作るのが億劫（おっくう）になった夜など、時には外食で済ませて帰宅する。

「そうですね、じゃあ、よろしいですか？」

話は決まり、やがて二人は駅ビルにある中華料理店「水墨華」に入った。

「ここはたまに来るんだけど、お野菜のメニューが多いし、味もあっさりしてて、ヘルシーなのよ」

「わあ、楽しみです！」

バレリーナやその道を目指す者にとって、食生活は常に気を配らねばならぬ大切なポイントだ。カロリー過多で肥満になるのはもっての外だが、かと言ってしっかり食べて栄養を摂らねば、長時間の舞台を立派に踊り通すことはできない。バレエは見かけの優美さに似ず、過酷な肉体の重労働なのだから。

現役時代は、もっとストイックに気を遣ったけれど、ステージを引退して指導者の立場になった現在も、規則正しい節制の生活態度は変わらない。長年身に染みついた習慣だし、生徒たちの前でレオタード姿を見せ、大概自身も発表会のトリに一曲踊るのだから、ブクブク太った身体を晒(さら)すわけにはいかない。

二人で相談し、棒棒鶏(バンバンジー)他、牛肉や野菜のメニューを注文する。

「ホント、おいしいですね。中華って言うと何か油っこいイメージがあって、敬遠してきたけど、ここのは大丈夫そう」

やがて運ばれてきた料理を口にして、ひかりが微笑(ほほえ)む。やはり彼女も、育ち盛りの若い娘なのだ。

「でしょ？　今日取ったのは大丈夫だから、遠慮なくしっかり食べてね」

由美の「許可」を得て、ひかりはさらに箸を進め満足そうだ。

「貴女は自分で料理作れるの？」

「それが、実は今までは、ほとんどできなかったんです。なかなかそんな余裕がなくて」

「わかるわ。私も、必要に迫られて、だんだんやれるようになっていったけど」

若かった頃の苦労があれこれ想い出される。

「でも、今は母に一生懸命習ってるんですよ」

「お母様に？　いいわねぇ。お宅は、お医者さんよね」

彼女の父親は都内で内科医院を開業しており、母はそれを手伝っている、と聞いた。

「家は医院と自宅が地続きなので、父は昼休みの時間には住まいのほうに戻って、母の手料理を食べてるようです。この前、休みの日に一度私が作って出したら、母と同じ味だって、驚いてました」

と、幾らか得意げに笑う。

「そうなの。良かったわね。でも、お父様以外にも、手料理をご馳走したい相手、いるんじゃないの？」

話の流れが巧く向いてきたので、由美はあの日以来ずっと気になっていたことを、ついに尋ねた。

「え、あの、それは……」

ひかりは途端に顔を赤らめ、しばしもじもじとためらうようすだったが、やがて、

「先生には、話しちゃおうかな」

と顔を上げた瞳も頬も、活き活きと輝いている。

「実は、彼が東京に帰ってきたんです。あの、藤堂康彦（とうどうやすひこ）さんが、アメリカから……」

と言ってもわからないですよね、とこちらの顔を覗き込む。

「えーと、藤堂さん……。あ、もしかして、お父様の助手をなさってた？」

以前耳にした記憶をたどって口にすると、

「そうなんです」

と、嬉しそうにうなずく。

「確か、アメリカに医学の留学にいらしてたのよね」

「ええ、二年振りで先月帰国して。それで、また家の医院に勤めることになって……」

「それは、お父様も心強いわね」

だが、院長の父親以上に喜んでいるのは、当のひかり自身だろう。そう言われれば前に、助手の藤堂に憧れている、と彼女の口から聞いたことがあったが、高校を卒業し、短大で本格的にプロのバレリーナを目指して学ぶ、と決めた頃に相手が日本を離れたため、そんな淡い初恋も終わりを迎えたはずだった。

「藤堂さん、前よりもさらに立派に、すてきになってました。で……」

「その彼に、手料理を食べさせたくなったのね」

「はい。今、彼の好みなんかも調べて、いろいろレパートリーを増やしてるところです。喜んでもらえるといいけれど」

「まあ、がんばってね。腕を上げたら、今度一度、私にもご馳走してよ」

「ええ！　ぜひ」

「でも、あんまりバレエより、料理に夢中になっちゃだめよ」

「わかってます」と、おどけたように肩を竦めるひかりに、由美まで何か心弾む想いで笑った。


その後しばらく楽しい会話が続き、おいしい料理の皿も空になった。

「気をつけてね。明日もまた、しっかりね」

逆方向の電車に乗るひかりと駅で別れ、安堵の息をついた。そういう相手なら素性も知れているし、大丈夫だろう。少女の頃から長年指導し続けたひかりは、由美にとって我が子のような慈しみを感じるかわいい存在なので、恋しているらしいと聞いて正直心配していたものの、気を揉む問題ではなさそうだ。

電車を降り、マンションへの道を歩む。駅から遠ざかるにつれだんだん街灯も疎らになり、由美は少しずつ足を速めた。

アパートと呼びたいような小さなマンション。二階の角部屋の鍵を開ける。

うがいなどを済ませてダイニングに戻ると、すぐにテレビをつけた。と言っても、特に見たい番組があるわけではない。無音の物寂しさから、いつもテレビかCDをBGMのように小さな音でつけるのが、長年の習慣になっていた。誰も迎える者がいない帰宅時が、やはり独り暮らしの侘しさを感じさせる。

お茶を淹れて、大きく息をついた由美は、テレビを消した。こんな時は電話で母の声が聴きたくなる。今は近県に住む七十代の両親とは別住まいだが、そろそろ同居を考えようか？　母の番号をプッシュしながら、そんな想いがふと浮かんだ。

発表会に向けて生徒たちはそれぞれの演目を完成させ、全員がほぼ、このまま本番を迎えても大丈夫なまでの仕上がりになってきた。

だが皆と反比例して、清水ひかりの踊りが停滞し始めた。むろんテクニックの面では相変わらず群を抜いて高レベルであるものの、何かが違う。少し前の輝き、眩いばかりの魅力が感じられないのだ。傍から見れば微細な違いとは言え、中学生の頃からずっと見てきた由美の目が、見逃すことはなかった。ここ最近すばらしく充実していただけに、なおさらだ。

「どうしたの？　元気がないわね。具合でも悪いの？」

レッスンが終わった時、そっと彼女だけに小声で問いかけた。

「いえ、大丈夫です。何ともありません」

そう言って見せる笑顔も、どこかとってつけたぎごちなさがなくもない。

「そう？　ならいいけど、踊るには体力と健康が何より大切なんだから、体調管理にはくれぐれも気をつけてね。特に発表会を控えているのを忘れずに」

「はい！」と、大きくうなずいた笑顔とハキハキした声は、普段のひかりだった。

次のレッスンでは幾らか調子が戻ったものの、前の冴えはない。やはり何らかの病気や故障等で、身体を壊してしまったのでは、と心配になったが、注意して見ると、肉体的な不調ではなさそうだ。では？……

その後の個人レッスンの時には、さらに異変がはっきりした。どうやらモチベーションの低下らしい。明らかに彼女は何か悩みを抱えており、それゆえ心が上の空と思われる。こちらが新たな注意を与えても全然耳に入っておらず、少しも踊りが改善されないばかりか、この期に及んで振付けを間違えたりさえする。こんなことは今まで一度もなかった。

「大丈夫？　何だかようすがおかしいわ」

「すみません。ごめんなさい。ちょっと、ぼうっとしちゃって……」

慌てて謝り、再びスタートの位置につきポーズを取ろうとする。だが、由美は首を振ってオーディオのスイッチを切った。

「今日はもうここまでにしておきましょう。あの、何か困ったことでもあるなら、相談に乗るわよ」

ひかりはしばし、思案顔でこちらを見つめていたが、やがて決心したようすで口を開いた。

「それでは、少しお時間をもらえますか？　先生と、ゆっくりお話ししたいので……」

「もちろん。ここで立ち話もなんだから、どこか近くのカフェにでも入る？　この前のように夕食を食べながらもいいわね」

「でも、お店では、他の人たちがいておちつかないかも……」

他人に聞かれたくない、込み入った内容なのだろう。

「そうだわ。家（うち）に来ない？　お宅とは逆方向だけど二駅だし……。お腹空いたでしょ？　残り物のあり合わせで良かったら、夕食も食べてって」

思いつきで誘うと、さほど間をおかず、

「じゃあ、お邪魔していいですか？」

という返事。間もなく二人は同じホームに立った。

電車に揺られながら、「先生の手料理、楽しみ！」と微笑むひかりに、

「そんな大したものじゃないわよ。貴女のほうが、最近は料理がんばってるんでしょ？」

先日の会話を想い出してそう言ったのは、謙遜よりも正直な気持ちだ。もともと人にご馳走できるほどの腕前ではないのに、成り行き上、思いがけぬ展開になってしまった。

「独り暮らしだからね、一食分作るのも効率悪いので、昨日のように午後のレッスンがない時なんかに、二、三日分作って冷凍しとくの」

そんな話をするうちに電車は停まり、ひかりと歩き出した。しゃべりながらだと帰り路も早い。

ダイニングキッチンの飾り棚に置かれた陶製のバレエ人形、壁に飾られた有名プリマたちの写真などに目を留め、ひかりが「わあっ！」と感嘆の声をあげた。忙しい日が続いた時など、ちょっと気を抜くとすぐに散らかってしまう。幸い今日は比較的片づいていて良かった、とほっとする。

「あ、これは先生だ！　すてき」

片隅のフォトスタンドのことだろう。そこに真治と二人の写真を飾らなくなってから、

もう十年になる……。

「ちょっと座って待っててね」

お茶を飲んでもらっている間に、昨日の冷凍したシチューを電子レンジで温めて、朝仕掛けたご飯を盛った皿によそう。先月母が訪ねてきた日以来しまわれていた、揃いの大皿の出番だ。

「凄くおいしい！」

やはりあれだけ踊った若い身体はかなり空腹だったとみえ、早速口に運び、大きく叫ぶ。深刻に悩んでいるとは思えぬ明るさだ。

「噛みごたえがあるのに柔らかい、この牛肉は……」

「脛(すね)肉よ。じっくり煮込むと味が出るの」

「だからこれだけコクがあるんですね」

「あと、トマトジュースとワインを入れるのがコツよ」

「ワインか。私もやってみよう。もっと詳しく教えてくれますか？」

しばし料理談議に花が咲いたあと、「ああ、お腹いっぱい」と胃の辺りをさする。

食後の香り高い紅茶に酔う。英国生活以来、紅茶だけは贅沢をしている。

「で、何か、お話があるのでしょ？」

楽しい雰囲気に、ついついここに呼んだ目的を忘れかけたが、そう尋ねると、相手はハッと表情を引き締めた。

「あの、私、実は……」

ためらうようすのひかりの次の言葉を、じっと待つ。

「バレエ辞めようと思うんです」

決心を吐き出すように、一気に語られた言葉の意味を、理解しようと努める。

「えっ？　……バレエ、辞めるって？」

耳にしたとおり復唱してみても、すぐには信じられない。

「どうして！　何故なの！」

つい尋ねる声が厳しく、非難する調子になってしまう。

「ごめんなさい。先生にはこんなに親切に教えていただき、かわいがってもらったのに……」

うつむいたひかりの瞳から、突然涙がこぼれた。

「謝ることじゃないけど……。理由を説明して」

必死に心を静めて問いかける。

「……近々、結婚するつもりなので」

「結婚？　あ、もしかしてお宅の病院で助手をしてる？」

「はい。あの藤堂康彦さんです」

涙に光る頬が俄に輝き、笑みが拡がった。

「そうなの。それはおめでとう」

由美も思わず微笑む。

「でも、貴女は今二十歳でしょ？　まだまだ急がなくたっていいんじゃないの？　プロのバレリーナとしてスタートして、ある程度まで極めてからでも遅くないと思うわ」

ひかりは無言でしばし悩む表情だったが、やがて真っ直ぐに顔を上げた。

「やっぱり、今すぐ結婚したいんです」

穏やかで静かな口調ながら、揺るぎない決意を感じさせた。

「何か訳があるの？　相手の方のご都合とか？」

訊きながら喉の渇きを覚え、ティーカップを口に運んだ。それでも衝撃は波打ち続ける。

「私、本当に彼を愛しています。そして彼も……。この前、二人でホテルに泊まりました」

低い抑えた声であったが、はっきりと聞き取れた。その意味するものを、頭に駆け巡らせる。

まさか？……

「そうだったの。あの、もしかして、赤ちゃんが？……」

そういう事情なら、早急に結婚を望み、今はバレエを辞めると言うのもうなずけるが……。

「いいえ。そんなことはありません」

即座にきっぱりと、否定の言葉が帰ってきた。

ほっと息をついた由美に、しかしひかりは続けた。

「私、少女の頃からずっと思っていた、いえ、決めていたんです。結婚する相手にしか、許さないと……。クラスメイトにはそんなふうに考えてる友だちなんて、ほとんどいないみたいだけど」

微かに苦笑する。

「藤堂さんとこうなったことに、後悔はありません。でも、彼と結ばれたからには、一日も早く結婚するのがせめてものけじめ、かな。そのためには、大切なバレエも犠牲にしなくては……」

「けじめ」を強く発音したひかりの言葉に、由美は息を呑む思いで聞き入った。今の十代、二十代の若者たちは性に関して自由奔放で、簡単に身体の関係を持ってしまう者が多いと聞くが、ひかりのように重く位置づける娘もいるのだ。そんな彼女にとって、この告白は勇気を振り絞ってのことだろう。その心を、自分も真剣に受け止めねば……。

「気持ちはよくわかったわ。で、相手の方は、やっぱり結婚を望んでくれてるの？　ご両親は？」

「もちろんです。藤堂さんも、できるだけ早く式を挙げ、あたたかい家庭を築きたいと……。母も父も、喜んでくれてます」

もはや二人の結婚を阻むものは、何もないと思われる。だが……。

「貴女がお嫁さんになるのはすばらしいと思うし、私も祝福したいわ。だけど、何とかバレエとの両立は考えられないの？」

――私、バレエを続けながら、貴方（あなた）の良い妻になれるよう、努力するわ。全力でがんばる！　だから……。

十数年前、自身が黒川真治に必死に訴えた言葉が、今みずからにこだまする。同じバレエに生きる彼ならわかってほしい、許可してほしい、と心から望んだ。だが願いは聞き入れられず、結局自分は、真治との別れを選んだ……。

「藤堂さんが、バレエを辞めてくれと言ってるの？」

問い糾す口調に険がこもるのが、自分でも抑えられない。

「とんでもない！　彼は辞めるのはもったいない、自分のために諦めるようなことになっては気の毒だと、その点だけがネックみたいです」

「ならなおのこと、結婚してもずっと続ければいいじゃないの！　せっかくそう言ってくれるのに辞めるなんて……。現に世界的なプリマで結婚してる人、幾らでもいるわ」

「そうも思い悩みました。家庭と舞台を巧く両立してるプリマの方たちが、たくさんいらっしゃるのはわかってます。バレエに限らず、仕事や夢と家事や子育てを、一生懸命こなしているお母さんたちも多いって。だけど私、不器用なんで、自信がありません。必ずどちらかが疎かになりそうだし、そんないい加減な気持ちで舞台に立つことは、許されないと思います」

苦悩の末に、ひかりが到達した結論なのだろう。もはやそれを由美の手で覆すことは、不可能と思われた。

「貴女の踊りに、何かこのところ元気がなかったのは、それで悩んでたからなのね」

「はい。すみません。どうせプロにならずにもうすぐ辞めるのだと思うと、何だか虚しくなっちゃって……」

「甘ったれないで！」

思わず強く叫んだ由美に、ひかりはピクリと身を震わせた。

「貴女、今言ったばかりじゃない！　いい加減な気持ちで踊ることは許されないって！　だったら、いつ辞めるにせよ、最後の最後まで全力を尽くして踊るのが、バレリーナの務めでしょ！」

「バレリーナ？」

ひかりの目が見開かれ、こちらを見つめる。唇が微かに震えた。

「そう。プロであろうとアマチュアであろうと、貴女は立派なバレリーナよ。貴女がもし近いうちに本当に辞めるなら、なおのこと、最後に自分の最高のバレエを踊りたいと思わない？　これが自分の芸術の到達点ですって、堂々と誇れる集大成を」

その刹那、ひかりの瞳に今までにない何かが宿るのを、由美は見た。それは迷いを脱ぎ捨てた、揺るがぬ強さか？

「貴女は今まで藤堂さんに、踊るところを観てもらったことあるの？」

「いえ、まだ……」と幾らかうつむき、小声でやや寂しげに答えた。

「アメリカ留学の前は特にお付き合いしていなかったし、帰国してからは発表会がなかったので」

「それはそうね。だったら、今度の会にはぜひお招きするといいわ。そして彼のために、最高のオーロラ姫を踊るのよ」

最後の機会になるかもしれないのだから、とはあえて口にしなかった。

「はい。必ず彼に来てもらいます」

「ぜひ。そのためにも、明日からは手加減しませんからね」

「よろしくお願いします！　先生、今までごめんなさい。心を入れ替えてがんばります」

真っ直ぐに向けられたキラキラした瞳。もう大丈夫だ。由美は安堵のうちにうなずいた。

その後、しばらく紅茶を飲みながら語り合ううち、

「あ、長居してすみません。今日はありがとうございました」

と壁の時計に目をやったひかりが、腰を浮かせた。

「そう？　じゃあ、私も駅前のコンビニにちょっと用事があるから、そこまで一緒に行きましょう」

と立ち上がり、コートを取る。

「良かったら一度、藤堂さんを紹介してくれない？」

「もちろん！　発表会の日に」

嬉しそうにうなずく。

お礼の挨拶をして駅の雑踏に消える相手を見届けた由美は、もともと用のないコンビニの前は素通りして、家への道を急いだ。

ひかりが去った後のマンションの部屋に戻ると、いつにも増して静けさが身に染みる。

ふいに微かに寒さを覚えてブルッと身体を震わせ、両腕で我が胸を抱いた。

——そろそろ、夜はちょっとヒーターを入れようかしら？

まだ冬とは呼べない季節だが。

自分でも説明のつかぬ想いにふと駆られ、壁際の本棚に歩み寄った。日頃あまり読書をする暇はないが、何冊かの愛読書やバレエの研究書、世界の一流プリマたちの写真集などが並んでおり、その隅には、彼女自身の舞台アルバムが立てかけてある。けれどそれらには目もくれず、屈みこんで下の棚を開けた。開架式の上段とは違い、扉の閉まるこの下段には、旧いアルバム等が雑然と横積みされている。下のほうから一冊を引っ張り出して、マジックインクで手書きした表題文字を読む。

『ＳＫバレエスタジオ』

もう何年も開けていないページをめくる。

遠い日のオーロラ姫に扮した由美と、彼女を支える王子、黒川真治。若い二人の自信に満ちた姿。彼女一人の写真に交じって、真治のみのものが何枚もある。見事なジャンプの瞬間を捉えた全身像。完璧なプロポーション。「バレエの貴公子」の異名にふさわしい、気品溢れる容貌のアップ……。もうすべては過去のはずなのに、彼との日々は苦い終わりを告げたというのに、今なおどこか心惹かれるのは、消えぬ未練だろうか……。

先ほどの、ひかりの言葉がふと脳裏をよぎる。

――結婚する相手にしか、許さないと……。

――そのためには、大切なバレエを犠牲にしなくては。

それが胸に突き刺さり、目に見えぬ血を流させる。

由美にとっても、黒川真治は初めての、そして唯一人の、すべてを許した相手であった。自分も決して、安易な気持ちで真治を愛したのではない。だが結局、彼より、バレエを選んだ……。

——貴女はそれで、後悔はないの？

みずからに問いかける。

ああするしかなかった。何を犠牲にしても、バレエだけは棄てられなかった。

眠りはなかなか訪れない。いつまでも心がざわめく、わずかに甘く苦しい夜だった。

翌日から、ひかりは再び冴えを取り戻した。前にも増して取り組む姿勢に真摯なものが感じられる。しかも、思いつめた悲壮な一途さではなく、良い意味でどこか肩の力が抜けた自然体の、柔らかな魅力がある。踊ることの幸せ、喜びを全身で受け止め、発散するかのように……。

「いいわ！　いいわよ」

由美の賞賛の声も意識せぬようすで、『眠りの森の美女』の世界に浸りきって舞うひかりに、今さらながら改めて、彼女の稀有な資質を感じずにはいられなかった。

バレリーナを目指して稽古に励む少女たちは数えきれない。だがその中で、まがりなりにもプロになれる者、ましてや一流プリンシパルに上りつめ得る者は、ほんの一握りだ。健康でしなやかな肉体と体力、運動神経はもちろんのこと、容姿とスリムな肢体の美しさ、天性の魅力と品位、芸術的センス、そして苛烈な訓練に耐えられる忍耐強さと熱意など、さまざまな要素が求められる。それらのどれが欠けても、真のプリマにはなれないのだ。

ひかりはそうした条件を兼ね備えた娘だ。「師匠の欲目」ではなく、客観的に見ても得難い逸材で、十年に一人出るかどうかの天賦の才、と言っても過言ではない。その気になればプロとしてのデビューも成功も、充分可能なはずだ。

そんなひかりが、結婚のためにバレエを辞める。何とも惜しい、という気持ちは否めない。彼女を開花前に失うのは日本の、否、将来の世界バレエ界の損失ではないか、とすら思う。長年育ててきた師として、何とか引き止めるべきでは。思い留まらせる方法はないのか、と。

——でも……。

それはこちらのエゴだ、とみずからを諫める。あの娘にはあの娘の人生があり、彼女が選ぶ道を、幸せを祈りつつ祝福しなければ……。そのために何を犠牲にしようと、悔いのない日々を生きてほしい。たとえ由美の選んだものとは、真逆の生きかたであったとしても……。

由美は、痛みと苦みを伴った充実感のうちに、踊るひかりを見つめた。

そして、十二月も終わりに近いその日、S区内の小ホールにて。

先ほどゲネプロ（衣装をつけての総稽古）もすべてつつがなく終わった。出演者たちは控え室に引き揚げていったん衣装を脱ぎ、軽い飲食や舞台メイクをするなど、それぞれの支度や精神統一に余念がない。

客席のようすをうかがうと、ぼちぼち観客たちが姿を見せ始めている。

「先生」

声をかけられ振り返ると、楽屋着姿のひかりが微笑んでいた。その含羞の表情の意味はすぐにわかった。隣に立つ、実直そうな面立ちの男性が目に入ったから。

「あの、藤堂康彦さんです」

ちらりと青年に優しいまなざしを送り、こちらを向く。そして続いて由美を藤堂に紹介する。

「初めまして。ひかりちゃんからお話、伺っています。あの、ご婚約なさったそうですね」

十日ほど前にそう報告してきた彼女の、上気した頬を想い出す。

「はい。来年の春には結婚します」

おめでとう、と祝すと、二人ともやや照れたような笑顔を見せる。

「ひかりが、あ、清水さんが、お世話になっています。僕もいつも先生やバレエの話を伺い、一度拝見したいと思っていました。正直、バレエはよくわからないのですが、彼女がうちこむ世界を、この目で実際に観たいと」

そう口にした生真面目そうな態度には、好感が持てた。

「ええ、ぜひ。清水さんのバレエを、しっかり観てあげてくださいね」

心から口にした。

「じゃあ、私、支度があるので」

とひかりが軽く頭を下げる。

「がんばって。君のすべてを出しきるつもりで、踊っておいで」

「うん」

二人の心の結びつきが感じられる短い会話を残し、彼女は楽屋へ、彼は客席へと向かった。

やがて、開幕の時間が迫ってきた。楽屋の皆のようすを見回る。

左端の更衣室には、メイクを整え、オーロラ姫のチュチュ（バレエの衣装）を身に纏い、トウシューズを履いたひかりが独り、鏡の前に祈るような姿勢で佇んでいた。その静謐な姿に声をかけるのがためらわれ、しばし無言で見入った。

鏡に映ったこちらに気づいたのだろう。「あ、先生」と振り向く。

「もう準備はできてるわね。……とてもきれいだわ」

白を基調に、ピンクのチュールレースをあしらい、金銀のスパンコールやラインストーンで飾ったその衣装姿は、清楚な気品に満ちつつも華やかで、いつにも増して美しい。少女から大人の女へと生まれ変わる最中の艶やかさが、そこにあった。

「これ、ありがとうございます」

アップに纏めた髪につけたラインストーンの宝冠に、そっと手で触れながら微笑む。

「よく似合ってるわよ。貴女に使ってもらえて嬉しいわ」

それは、由美がかつてオーロラ姫を演じた時に冠った、想い出の品だった。大切な物をあげたのは、旅立つひかりへのはなむけのつもりだった。

「私これ、結婚式の時にも使おうかと思います」

と、ちょっと悪戯っぽく笑いながら言う。

「そう。それは嬉しいわ」

西洋の言い伝えに、花嫁が一つは古い物を身に着けると幸せになれる、というものがある。

「先生、長い間ありがとうございました。あの、改めてご挨拶には伺いますが……」

大きな瞳が潤む。彼女はこの発表会を最後に退会するのだ。

「幸せになってね。でも一つ言わせて。結婚してしばらくは、いろいろ慣れない毎日で大変だろうし、赤ちゃんができれば何年かは無理でしょうけど、おちついたら、また改めてバレエを始めるのもいいと思うわ。プロを目指すとかじゃなく、あくまで趣味として、美容と健康のために。『ママさんバレー』っていうのはバレーボールの話だけど、踊るほうの『ママさんバレエ』もいいものよ。ただバレエを楽しむの。そのお手伝いをさせてね。

貴女は一生、私の大事な生徒なのだから」

「先生……」

「あら、泣いちゃあだめよ。メイクが崩れるわ。今は何も考えず踊りなさい。藤堂さんのために」

「はい。あの日の教え、忘れてません」

――あの日の教え？

一瞬考え、ハッと思い至った。オーロラ姫の結婚式のシーンは、すぐ側で見つめる王子のまなざしを、常に意識して演じなさい、と。

大丈夫。今日のひかりは、生涯最高の舞を見せてくれるだろう。何故なら本物の「愛する王子様」に見守られているのだから。

「私、踊ります」

微笑むひかりは、結婚式に臨むオーロラ姫そのものだった。

第二話　黒鳥よ、高く翔べ

「スワン・バレエスクール」のレッスン室。大鏡の前、軽く柔軟運動で身体をほぐしながら、主任講師の白浜由美は、壁に架けられた時計に目をやった。間もなく約束の八時だ。四十四歳の自分が、これからやって来る十八歳の青年を想い、柄にもなく興奮と緊張を覚えつつ、片隅に置いたミネラルウォーターのペットボトルを取り、喉を潤した。

日本期待のフィギュアスケート界のホープ、羽根田翔。ノービス（小学校三年から六年頃）クラスの時代から天才少年として頭角を現し、十三歳で初出場した世界ジュニア選手権では八位入賞、十五歳でジュニア銀メダルに輝いた。

そして勢いのままシニアに鮮烈なデビューを飾り、前回大会では弱冠十七歳にして、世界選手権銅メダル獲得の快挙を果たした。サラサラした髪が魅力の、甘いマスクの美少年ぶりとも相まって一躍マスコミの寵児となり、彼をアイドルと仰ぐ女性ファンも数知れない。現在、日本では世界チャンピオンの経験者、保科豊選手が王座に君臨しているが、人気実力ともに、保科に追いつき追い越す勢いのホープである。

フィギュアはスポーツとは言え、ダンスの芸術的要素も求められる競技であり、事実スケーターの多くが、表現力や美を磨くために、バレエの基礎レッスンを受けている。由美も幾度か、ノービスやジュニア・クラスでスケートを勉強中、という子供たちを教えた経験はある。

それにしても、まさかあの羽根田翔を指導することになろうとは……。そして今日が初レッスン日。何か未(いま)だ信じられぬ想いだ。

由美は半月ほど前の四月、初めて翔と間近で対面した時を想い出した。その日翔は、コーチのロバート山口(やまぐち)と振付家のキャシー夫人に伴われ、スクールのオフィスにやって来た。用件はなんと、振付補佐とバレエ指導をしてほしい、との依頼だった。今期彼のフリースケーティング用新プログラムは、使用曲がチャイコフスキーの『白鳥の湖』、テーマはあのバレエの筋書きに沿ったものにするという。

「でも私、フィギュアの振付けなんてできません。どの場面でどのジャンプやスピンを入れたらいいか、採点的に有利になるか、そもそもその動きが、スケートとして可能かどうかなど、全くわからないし」

以前からフィギュアスケートは大好きで、テレビ中継は欠かさず視聴している。やはりバレエに通じる美しさは魅力だし、逆にバレエにはないスピード感と激しいダイナミックさ、競技としての厳しさなどにも惹かれるからだ。今ではある程度ルールや競技者たちにも詳しくなり、男女ともに贔屓（ひいき）の選手も数名できた。だがそれと、振付けができるかどうかは別問題だ。

第一、バレエにおいても、振付けの実績はあまりない。自身が踊るための小品や、子供たちの発表会用オリジナル作品を手がけたことはあるものの、いわゆる専門の振付師（コリオグラファー）とは違う。

「ご心配なく。そうしたスケーティングに関する面のほうは、この私と家内が決めます」

そう言って、山口氏は傍らの女性を示した。日系二世のアメリカ人、ロバート山口と、母親が日本人のキャシー夫人は、共にかつては競技スケーターで、どちらもアメリカ代表としてオリンピック入賞という輝かしいキャリアの持ち主だ。二人が現役の競技生活を退いて久しいが、ロバートのほうはコーチとして一流スケーターを数名育て、キャシーは振付けで多くの名作を生み出してきた。

夫妻ともほぼ不自由なく日本語をこなし、一方、アメリカにスケート留学の経験がある翔も、英国のバレエ団に在籍していた由美も、英語は得意と言える状態なので、互いの会話はスムースに進んだ。

「白浜先生にお願いするのは、専ら（もっぱ）バレエのレッスンと、ストーリーに即したマイムを必要とするシーンです。まがい物のバレエ擬き（もど）ではない、本物の表現を彼に授けてやってください」

ロバートの言葉に羽根田翔は、ちょっと困ったような照れ臭そうな表情で、頭を下げた。

「あの、よろしくお願いします。わずか何箇月かレッスンしたからといって、本物のバレエが身につけられるとは思いません。でも、できる限り、『白鳥……』の世界を、自分のものにしたいんです」

そう言ってこちらに向けられた瞳は、真剣な光を宿していた。昨シーズンの頃はまだ幼さが残る丸顔で、どこか少女のような柔和な容姿だったが、今は輪郭も引き締まり、大人の男の逞しい（たくま）強さもほの見られる。十代とは、こうも日々成長するものなのか……。

「わかりました。どれだけお力になれるかわかりませんが、できる限りやらせていただきます」

「私からも、お願いします」

キャシー夫人が、彫りの深い顔を向けて、頭を下げた。

「羽根田選手は、バレエのレッスンのご経験はありますよね?」

彼の演技を想い出しながら確認する。あれは確かにバレエの基本が入った動きと見受けられたが。

「はい。ジュニアの頃、フィギュアに必要だというので、基礎はかなり習ったけど、シニアの大会に出るようになってからは、忙しくてなかなか時間が取れなくて……」

ややうつむきがちではあるがそう言うので、由美は安堵した。やはり全くの未経験者に教えるのと、基本が入っている人では違う。

「じゃあ『白鳥の湖』は、ご覧になったことは……」

「もちろんあります!」

今度は顔を上げ興奮気味に、はっきりと答える。

「特に、先生が主演なさった、ロイヤル・バレエの『白鳥……』のDVDに圧倒されたのです。感動しました。それで山口コーチにも無理を言って今回の使用曲を決め、ぜひ白浜先生に教えてもらいたいと、お願いすることにしたのです」

「そうでしたか。あれはもうずいぶん前の映像だから、恥ずかしいわ。でも、ありがとうございます」

二十五歳まで由美は、英国ロイヤル・バレエ団のプリンシパルの地位を得て活躍していた。何かと日本人であるゆえの不利はあったが、それを跳ね返し次第に白人社会でも認められ、多くのヒロインを演じた。そして『白鳥の湖』の舞台映像が作られたのは大変幸せな名誉だと、今も自分の幸運に感謝を忘れない。世界の至る所で毎日のようにバレエ公演は行われるが、映像として記録に残され一般に販売される例は、その何万分の一にも満たないのだから。ロイヤル・バレエで日本人が主演した、ということでそれなりの評判を呼び、二十年近く経った現在も、ＤＶＤが国内現役盤として販売され続けている。

「今回のフリーでは、王子のイメージでやるのですよね？」

『白鳥の湖』。バレエファンなら知らぬ者のない、名作中の名作。

王子ジークフリートは母である王妃に、明日の祝宴で花嫁を選ぶよう命じられる。それが憂鬱な彼はその夜、気晴らしに湖の畔（ほとり）へ白鳥狩りに出かけるが、そこで一羽の白鳥が、美しい娘の姿に変わるのを見かける。彼女は実は、とある国の王女オデットで、悪魔ロットバルトの呪いで白鳥に変えられてしまった、と悲しい身の上を物語る。彼女はこうして真夜中の間だけ束(つか)の間、人間に戻れるものの、夜明けにはまた白鳥になってしまうのだ。その呪いを解き、打ち勝てるのは、誠実な男性が彼女に永遠の愛を誓い、誠を貫いてくれた時のみ、という。二人は惹かれ合い、王子は明日の舞踏会で彼女を花嫁に選ぼう、と約束する。

そして翌日の祝典。各国の花嫁候補の王女たちにやや遅れ、黒衣を纏った美しい姫が現れる。オデットが来たと喜んだ王子は、高らかに彼女への永遠の愛を誓い結婚を宣言する。が、その黒衣の女は、魔法でオデット生き写しの姿に変身し、王子をたぶらかすためにやって来た悪魔の娘、黒鳥オディールだったのだ。オディールは父ロットバルトと共に高笑いを残して消え失せ、王子は、騙(だま)されていたとは言え、オデットを裏切り他の女を選んでしまった、みずからの取り返しのつかぬ過ちに愕然(がくぜん)とし、慌てて湖に向かう。

湖では、王宮で王子の背信を目撃したオデットが、悲しみに沈んでいた。愛を誓った王子に裏切られた今、もう呪いを解く望みは永久に絶たれてしまったのだ。涙ながらに詫びる王子に、すべては失われたと嘆くオデット。そんな悲しい恋人たちを嘲笑(あざわら)う悪魔に、絶望したオデットは湖に身を投げてしまう。ためらわず後を追って死を選ぶ王子。彼の命を賭した愛により、呪いから解き放たれた二人は、天上で永遠に結ばれるのだった。

「もちろん基本は王子、ということでやります。でも、それだけではありません」

「どういうことでしょう？」

不敵とも言える意味深な笑みを浮かべたロバートに、由美は身を乗り出して問いかけた。

「ショウには王子だけでなく、オデットやオディール、悪魔ロットバルトも演じてもらいます」

「それぞれのキャラクターの音楽を使い、可憐な優雅さや妖艶な誘惑、そして邪悪な凄みも表現するのです」

キャシーが付け加え、翔の顔を覗き込む。

「実はこれは、僕の希望なんです」

驚くことに、翔はややはにかみながらも、そう言うではないか。

「白浜先生は、オデットとオディール二役をやられてますよね？」

翔が指摘したとおり、あの舞台では両方の役を演じている。それは特殊な例ではなく、このバレエを上演する際、一人二役の形で同じプリマが踊るのが、半ば慣例化されている。オデットとオディールは互いに出番が重ならないため可能だし、何よりも同じプリマが善と悪の対照的なキャラクターを演じ分けることがおもしろく、踊る者にも観る側にも興味深い演出と言えよう。

「それで思いついたんです。僕も王子、悪魔、白鳥、黒鳥、と演じてみたいなと」

「すばらしいアイディアでしょ？　難しいけれど、やれば魅力的な作品になる。ショウならできるわ」

　キャシーが傍らの愛弟子(まな)を見つめる瞳には、慈愛と信頼が感じられた。確かに彼はその若さに似ず、芸術的表現力には定評のあるスケーターだ。

「おもしろいですね。ぜひ、やらせてください！」

　話を聞くうち、俄然興味がわいてきた。今の自分の世界にはない新たな挑戦となるが、やり甲斐のありそうな仕事だ。

「ありがとうございます。それで、電話でもお話ししたように、一応フリー用の曲を編集してきたので、早速お聴きいただけますか？」

と言ってディスクをさし出すので、由美はオーディオセットのスイッチを入れた。

　間もなく、物悲しいプロローグの旋律が、静かに響き渡った。やがてそれは流麗で感傷的なメインテーマに変わり、優美なオデットの踊り、力強いオディールの舞、激しいクライマックス、二人の死と勝利のフィナーレへと流れていく。

シニア男子のフリースケーティングの滑走時間は、四分前後と決められており、全幕上演には二時間もかかる『白鳥の湖』の中から、ごく一部をその短い時間内に編集せねばならない。大変な作業のはずだが、極めて巧みなハイライト選曲であった。チャイコフスキーの美しい名曲のエッセンスを巧くちりばめ、しかも劇的な変化に富んだ内容は飽きさせない。これであのコンセプトなら、適切な振付けをすれば、さぞかし見栄えのする、良いプログラムができあがるだろう。

「曲のアレンジ、すばらしいと思いますわ。結末は、二人の死と昇天による勝利、ということに？」

このバレエのラストシーンには、何種類かの演出がある。二人の身投げによる愛の成就が基本だが、他にも悪魔が湖を氾濫させ二人を溺れさせようとしたり、王子が悪魔と決闘して打ち倒し文字どおり勝利するハッピーエンド版等。台詞（せりふ）のないバレエゆえに、解釈はいろいろ可能で流動的なのだ。

「最後はやはり、湖への投身を描きたいです。それは四回転ジャンプで表現します」

翔はすでに三種類の四回転ジャンプを身につけているが、さらに難易度の高い四種類目にも挑戦中、と聞いたことがある。由美はジャンプの種類や見分けかたには詳しくないが、それを成功させれば、世界選手権でも大変有利になるらしい。

「もともと四分の演技で、あの大作を描くには工夫が必要です。この曲は多くのスケーターがすでに取り上げていますが、だからこそ私たちは独自の、最高の『白鳥……』を」

力強く言い切るロバートの面は、自信に溢れていた。

「わかりました。私も全力を尽くします」

バレエの世界に生きる者にとって、『白鳥の湖』は誰もが馴染みの名作であり、最も携わる機会の多い作品と言えよう。それだけにマンネリというか、固定観念にとらわれてしまいやすい傾向はある。そこにフィギュアスケート関係者の視点が加われば、新たな発想が生まれると期待できる。また羽根田選手サイドからすれば逆に、バレエ本来のオーソドックスな『白鳥……』を取り入れるのは、プラスとなるはずだ。互いのアイディアやセンス、知識が混ざり合い、化学変化を起こせれば、より良いプログラムを生み出すのも夢ではない。そしてそれを羽根田翔なら、必ずや立派に演じこなしてくれるだろう。

結局、今回の指導を引き受けることが決まり、今夜八時がその第一回目となる。むろん翔一人の個人レッスンだ。いずれこちらがスケートリンクに出向いて、実際に滑るところを観て教える必要もあろうが、しばらくはバレエの基礎のみをやる予定だ。

約束時間の少し前に、羽根田翔は現れた。コーチのロバート山口も一緒だった。

「今日は一回目なので、見学させてもらってよろしいですか？」

「どうぞどうぞ」と招き入れ、翔が支度している間に、折り畳み椅子を用意し勧める。

間もなく、白いTシャツに黒い厚手のタイツに着替えた翔が、姿を現した。引き締まって均整の取れた、鋼（はがね）のようなしなやかな体躯に、思わず見とれそうになる。

同時にかつて毎日、間近に見つめたパートナー黒川真治の、やはり鍛え上げられた精悍（せいかん）な、美しい身体が脳裏をよぎり、由美は慌てて幻をうち消した。

「まず、基礎レッスンをしましょうね」

はい、と少年のようにうなずいた翔に、早速稽古を開始する。フリー用プログラム『白鳥』にかかり始めるのはまだ先で、とりあえずは基本をやりながら、彼の技量を見極めることが第一だ。

ジュニアの頃に一応経験があるだけあって、文字どおり基礎のできた動きだった。そのうえ呑みこみが早く、注意した点を一度で改善してくる。振付けの覚えも良い。柔軟性や運動神経が抜群なのは言うまでもなく、男女を問わずこれほど優秀な生徒はめったにいない。さすがに一流のアスリートは違う、と改めて舌を巻く思いだった。

「そこ、もう一度やらせてください！」

少しでも巧くできない点があると、納得のゆくまでくり返したがる。初日の今日は軽く身体慣らし程度のつもりだったのに、いつの間にか白熱し、約束の一時間は瞬く間に過ぎた。時折ちらりとロバートのようすをうかがうと、真剣そのもののまなざしで見つめていた。

「それでは。お疲れさまでした」

終了の挨拶をすると、「ありがとうございました」と姿勢を正し、深々とお辞儀する。

「本当に久しぶりにバレエを踊ったので、なかなか大変だったけど、次回もよろしくお願いします」

「身体は痛まない？　今日はゆっくり休んでくださいね」

「大丈夫。いつもコーチには、もっと絞られてますから」

と、ロバート山口に目を向ける。ちょっとおどけた恨みっぽい目だが、微かな甘えを帯びた何とも言えぬ人懐っこさが滲む。師弟の強い絆（きずな）を感じさせる、一瞬の表情だった。

「今日はありがとうございました。やはり白浜先生に引き受けてもらえて良かった。ショウはお任せしますので、よろしくご指導願います」

そう言って弟子を見やったコーチの瞳にも、家族のような慈愛が感じられた。

「羽根田君はすばらしい生徒です。このままバレエの道に進んでもらいたいくらいに」

スケートのための補助レッスンを超えて、本格的に彼を指導してみたい。翔にはそう思わせる素質と輝きがあった。

翌週の第二回も基礎練習に終始したが、前回よりさらなる上達が見られた。本当に、スケート選手としてだけでなくダンサー、否アーティストとしても、充分な才能が感じられる。ますます彼の『白鳥』を共に創る作業が、楽しみになってきた。

そして、三度目の稽古の日。

「ごめんくださいませ」

思いがけぬ女性の声に、スクールの玄関に出ると、翔の横に見知らぬ婦人が立っていた。由美よりやや上の、四十代後半くらいか。なかなか品の良い整った容姿だ。

「突然お邪魔して申し訳ありません。羽根田翔の母、郁子（いくこ）と申します」

「まあ、お母様？」

そう言われれば、柔らかで温和な印象の面ざしはよく似ている。

「はい。このたび息子が、白浜先生にご指導いただくことになりまして、お礼申し上げます。一度伺いたいと思いながら、ご挨拶が遅れて申し訳ありません」

遠慮する郁子を、とにかく応接室に招き入れる。こちらも改めて挨拶すべきところだった。

「あの、これ、翔も私もとても気に入っていますので、お口に合えば嬉しいですが」

とさし出された洋菓子の折を受け取る。

「まあ、お心遣い恐縮です。ありがとうございます。早速いただきますね」

日本人がよくやる「つまらない物ですが」などと言わないところが、英国暮らしの長かった由美としては、かえって好感が持てた。

「翔君は凄く優秀ですよ。真面目だし覚えは良いし。私も指導できて幸せです」

お茶を出して向かい合うと、郁子の隣に座った翔は何やら居心地が悪そうだ。褒められたことよりも、母親が来たのが気恥ずかしいのかもしれない。しばらく母たちの会話をおとなしく聞いていたが、やがて頃合を見計らったように、

「じゃあ、着替えてきます」

とバッグを手に、更衣室に立った。

「お母様も、日本代表の選手を育てるには、これまで大変な努力をなさったのでしょうね」

普通の子育て以上の苦労が、いろいろあっただろう。幼少期から大会に出続けるには、さまざまな意味で身内の支援が欠かせない。金銭的な負担は相当なものだろうし、幼い頃はスケート場への送迎、勉強との両立、遠征時に同伴するなど、家族の協力なしには選手生活は成り立たない、と聞いた覚えがある。

バレエもある意味で同じだ。由美自身、留学しプリマと呼ばれるようになるまでの長い年月、どれほど両親に世話をかけてきたことか……。ふと脳裏に、白髪の増え始めた母と父の顔が浮かんだ。

「いいえ、私の力より、息子本人の努力です」

そう言って郁子は微笑んだ。

「そりゃあ私も、苦労と言えば苦労はしましたけど……。あの子がまだ小学生の頃に、夫が亡くなったものですから……」

「まあ……。存じませんでした。あの、立ち入ったことを伺いますが、ご病気で？」

「いえ、交通事故で」

と視線を落とす。暗い表情が、未だ癒えぬ悲しみを語る。

翔は明るく真っ直ぐな性格だと感じていたので、彼の家庭にそのような悲劇があったとは、想いもよらなかった。

「そうでしたか……。では、本当にお母様のお力ですね。頭が下がります」

経済的にも厳しく大変だったのでは、と想像する。

「そんな……。翔の夢を叶えるためなら、大して辛いと思いませんでした。それに山口コーチと奥様が、本当に良くしてくださってます。ジュニアの選手権に出始めた頃からなので、かれこれもう五年になりますね。スケートの問題以外にも、何かと相談に乗っていただいたり、公私ともに、と言うのでしょうか、とてもかわいがってくださって、翔も父親のように慕っています。息子が挫(くじ)けずスケートに励んでこられたのも、ひとえにご夫妻のおかげです」

翔の、コーチを見る目にこめられた想いが、改めてわかった気がした。彼にとって、特にロバートは、幼い頃に失った父親なのだ。

その時、軽いノックとともにドアが開き、翔が顔を覗かせた。

「あの、支度できました」

「あ、では私はこれで、失礼いたします」

それを機に、郁子が腰を上げたので見送る。

「今日はお目にかかれて良かったわ。すばらしいお母様ね」

「いや、母が、どうしても先生に会いたいって……」

やや照れ臭そうだ。

「あの、先生、前回やったピルエット（旋回、回転技）なんだけど……」

と、稽古場へ歩きながら、早くも心はバレエに向かっているようだ。

「あ、あれ？　何かわからない？　じゃあ、今日も集中してやりましょう」

もう少し郁子について語りたい気持ちもあったが、頭を切り替えて応じた。

この日のレッスンも充実のうちに終わり、その夜自室で由美は、今日耳にした話を思い返していた。

小学生で父親を亡くした翔。若くして夫に突然先立たれた郁子。母子は肩を寄せ合い、困難と苦悩を乗り越え生きてきたのだ。しかも、翔はあれだけの選手に育ってきている。

幸いこの歳まで両親が健在な由美には、父の死がどれほど重いかは、想像することしかできない。

――父親のように慕っています。

郁子がコーチについて語った言葉がよみがえる。確かにロバート山口は、片翼の郁子とともに翔を支え続けた、「もう一方の親」であったのだろう。

由美は改めて両親を想った。いろいろな意味で母は、何でも悩みや苦しみをうち明けられる相手で、いつもそれを受け止めてもらってきた。今振り返ると、決してやみくもに甘やかされはしなかったけれど、あたたかな優しさで包んでくれた。子供の頃だけでなく、娘時代から四十代の半ばの現在まで変わらず、母は癒しそのものだ。

一方、無口で不器用、生真面目な性格の父は、常に広く大きな心で、正しく導いてくれる存在と言えた。母と父、二人の愛に見守られ育まれてきたありがたさが、この歳になってようやくわかり始めた気がする。

母とはよく電話で話したりしているが、今度父の顔も見に、二人がいる日に実家を訪ね、料理の腕を振るおう。でも、久々に母のコロッケも食べたいな……。そんなことを考えながら、一人分の遅い夕食をレンジで温めた。

翔の指導は順調に進んだ。数回の基礎レッスンのうちに彼は早（はや）、初心者のレベルを卒業し、かなり高度な技まで可能になってきた。これは全くの素人なら、通常ありえぬペースと言えよう。やはり昔の経験が身体に染みついているのと、スケーターとしての鍛錬の賜（たま）物（もの）だろう。

「今日からは『白鳥の湖』をやりましょうね」

由美の言葉に、翔がガッツポーズする。フリースケーティング用のアレンジ曲に使用された場面を選び出し、そこの本来の振付けを伝授する。前に聞かされたとおり、内容は王子ジークフリートを中心に白鳥オデット、黒鳥オディール、悪魔ロットバルト、と多岐にわたる。

由美は白鳥、黒鳥に関しては、現役時代に数えきれぬ回数踊ったし、王子や悪魔のパートもかなり覚えていたため、事前に映像をチェックするくらいで、すぐに記憶がよみがえり「暗譜」できた。とは言え、それらを一応踊ってみせるのは大変だった。むろん女性の、しかも現役を退いた身で男性用の踊りを、そのまま完璧に再現することは不可能だが、口で説明するのみでなく、できる限り実技を示そうと努めた。

オデット、オディールを演じるのは、何年振りだろう……。翔が食い入るような熱く強い視線で見つめてくる。

そして王子のパート。腕を動かすたび、跳躍するたび、完璧だった黒川真治の演技が浮かぶ。認めるのは悔しいが、今なお由美にとって究極の理想の王子は、真治なのだ……。

「いい？　それぞれのパートを演じ分けるポイントは、まず腕の使いかたよ」

スケート靴を履いて氷の上で滑り舞うフィギュアと、バレエシューズやトウシューズで（男性はトウシューズを履かない）床の上で踊るバレエとでは、根本的に脚の動きが違うし、跳躍法なども全く異なる。

だが腕の振りや顔の表情、また上半身の動きは、両者に共通の表現が可能となる。言い換えれば、スケートにバレエの要素を入れるには、まずポードブラ（腕の動き）からだ。それが、由美が今回の話を引き受け、改めてフィギュアの映像等を研究し、気づいた結論だった。

「今日はまず、オデットをやりましょう。白鳥の時は繊細な表現。指先にまで細やかに気を配って。腕を外に拡げるのもまず肘のほうから先に、円を描くようにゆっくりと柔らかく動かして、手首は後で。もっと静かに、優しく」

羽ばたきを表す腕を振り上げる動作は、特に重要だ。由美はかつてオデットやオディールを演じるに際して、本物の白鳥の翼や首の動作を観て、研究したものだ。

「そう！　いいわよ！」

翔は教えをよく理解し、間もなくほぼ完璧に、白鳥をものにした。もともとどこか中性的な雰囲気があり、まだ少年っぽさを残した彼のオデットは、清潔感を漂わせ、女性のバレリーナにはない、新鮮な魅力を感じさせた。初日でこの調子なら、踊り込んでいけばすばらしいものになるだろう。

それから数回は、やはりオデットのパートを続けた。鳥らしさは次第に完璧になってきたものの、まだどこか生硬さが残っていたが、

「オデットはただの鳥じゃないわ。人間の姫よ。しかも恋する……。だから、女性になった気持ちで」

とアドバイスすると、清純さの中に柔らかさが加わってきた。

対照的に黒鳥オディール役は、ダイナミックなスケールの大きさの中に妖艶な色香、邪悪さ、凄みや、危険な毒の要素を滲ませねばならない。ある意味、翔の持ち味とは全く異なるキャラクターであるが、彼自身、オディールを楽しんでいるようだった。

「もっと手首を鋭く大胆に。指先から突き出し、天を衝くようにピンと伸ばして！」

オデットで要求したのと正反対の指導をしながら、プロのバレエダンサーでもない若い翔に、ここまで求めるのは酷かとも感じる。だが、教える以上はより良いものを創りたい。そのためにも、妥協はしたくない。彼を見ていると、久々に燃えるものを感じる。

「スケーティングのほうは、調子はいいの？」

レッスンが終わり着替えに入る前に、二人で並んでスポーツドリンクを飲みながら尋ねる。

「はい。もう曲かけの通しレッスンも始めてます」

答える翔の額から首筋に、流れる汗が光る。

「そうなの。キャシー先生の振付けでしょ？」

「はい、ロバートコーチの意見も入れて」

「どんなふうになるのか、とても楽しみだわ。近々リンクにお邪魔するわね」

今回のレッスンが、フィギュアにどう活かされるか気になるし、大いに期待している。

「はい、お願いします！　コーチたちも待っています」

この柔和でさわやかな笑顔の青年が、つい先ほどあれだけ妖しく蠱惑(こわく)的なオディールを演じたとは、とても信じられぬ思いだ。

「伺う前にあらかじめ知っておきたいから、次のレッスンの時にでも、どの音楽の時にどんな技を入れるかを教えてよ。ジャンプやスピンやステップのタイミングとか。お願いするわ」

それによって自分のほうも、プランニングが変わってくる。

「わかりました。そしたら次までに、音楽と技の入れかたを、対比させてメモしてきます」

と、真面目な彼らしく答える。

「次回からは、悪魔と王子ですね。わくわくするな」

と続けた翔は、本当に嬉しそうだ。

その言葉どおり、張り切って次回のレッスンに臨んだ彼の「悪魔」は、ユニークな魅力を感じさせた。邪悪ではなく、小悪魔的コケティッシュな雰囲気かと思うと、内に底知れぬ恐ろしさを秘めているようで、ゾクッとさせる怖さがあり、セクシーな妖気さえ漂う。

「もっと大きく手を振りあげて！　そう、悪魔は大きな黒い梟（ふくろう）に化けているのだから、爪の先を鋭く使って。この役も鳥のイメージで」

細かい手直しはしても、根本の表現が良いので、安心して見ていられる。

ところが意外なことに、王子のパートがあまり良くない。四つの中では唯一純然たる人間の役で、年齢も近い青年として、一番やりやすいはずなのに、何故か見栄えがしない。おもしろみがないし、妙にぎごちなく不自然な感じがしてしまう。

「どうやったら、王子らしさが出せるのか、難しい……。僕は名門の御曹司じゃないし、そんな高貴な雰囲気や風格もないから……」

と、動きを止め考え込むようすでつぶやく。その表情は憂いを帯びた貴公子そのものなのに、彼自身は気づいていないようだ。由美も良い方法が見出せずあれこれ悩むうち、ハッと思いついた。

「演じるの、やめたら？」

「えっ？」

きょとんとした顔でこちらを向く。

「だから、王子様を特に演じよう、なんて意識しないで、王子のパートは普段の貴方の持ち味を出すの。純粋な若者ジークフリートを、翔君そのままで見せるのよ」

翔は半信半疑の顔ながらもうなずき、教えられた振付けを踊り始めた。

「そうよ、それよ！　首筋を真っ直ぐ上げて、視線を前に……」

翔の動きから、取ってつけたようなものが消え、彼らしい表情の中に、若者の純粋さと気品が溢れるようになってきた。王子のパートを自然体でやることによって、白鳥と黒鳥、そしてやや大げさな悪魔の演技がより際立ち、アクセントの効果も生まれる。

「良くなったわよ。この方向でいきましょう」

これは黒川真治も描かなかった、新たな王子像だ。そんな翔を由美は、眩い想いで見つめた。

六月の早朝、由美は指定された都内のスケートセンターに向かった。

一般営業を始める前の時間を貸切契約しているそうで、それに合わせてこちらも朝六時前には家を出た。こんな早起きしたのは久しぶりだ。日の長い季節、太陽はすでに高く、清々しくさわやかな空気は心地よいが、真冬等の暗く寒い時期には、かなり辛いだろう。そういう苦労に耐えられる者にだけ、一流選手として栄光への道が開かれるのだ。バレエとはまた違った、フィギュアの厳しさの一端を垣間見た気がした。

スケート場に着いた時には、すでにレッスンは始まっていた。

黒いTシャツに黒いパンツの翔が、ジャンプの練習をしているところだった。何という技なのか、その種類を瞬時に見分けることなどできないけれど、四回転であるのはわかった。

何度も何度も、助走しては跳ぶ。ところがなかなか成功しない。高く跳んできれいに素早く回転したと思っても、着地でバランスを崩し大きくよろめいたり、横倒しになったりのくり返しだ。時によってはその転倒の衝撃がかなり強烈らしく、しばらく倒れたまま荒い息をついている姿は傷ましい。

見ていて思わず悲鳴が漏れそうになったけれど、山口夫妻も翔本人も慌てず騒がす、案外平気なようすだ。そして、やがて立ち上がった彼は、何ごともなかったように、同じ練習をくり返し始める。

何度目かのジャンプが見事に決まった。

「よーし！　今のを忘れるな！」

拳を突き上げ雄叫びを発したコーチに、翔も振り返って微笑んだ。上気した笑みに、満ち足りた輝きが拡がる。競技会でたった一度技を成功させる裏には、こうした数えきれぬほどの失敗があるのだ。地道な訓練の積み重ねの上に成り立つのはバレエも同じとは言え、バレエではこのような転倒はほとんどないから、やはりフィギュアは危険と背中合わせの烈しいスポーツなのだ、と新たに認識させられた。

「シラハマ先生、ようこそ」

レッスンの気迫に圧倒され、三人に声もかけず、息をつくのも忘れるほど見入っていたのだが、彼らのほうも、由美の来訪を改めて意識したようすで、頭を下げた。

「お邪魔します。凄いですね！　もう、息を呑む思いでした」

テレビなどで、スケーターの練習風景を観たことは幾度かあるけれど、やはり生の本物は違う。

熱い想いのままそう口にした後、改めて挨拶を交わした。

「じゃあショウ、ちょっと休憩。それから『白鳥』だ」

「あ、あの、どうぞ。いつものそちらのやりかたで、続けてくださいな」

自分のために練習のペースを乱させては申し訳ない、と恐縮し慌てて告げると、

「いや、ちょうど一休みしたかったんです」

と翔は笑い、小さく舌を出してリンクサイドに上がってきた。すぐにスケート靴にエッジカバーをはめる。バレリーナにトウシューズは何より大切な品だが、スケーターの靴も同様なのだ。

「一応全体の流れは作りました。でも、ここでシラハマ先生に直接観ていただいて手直ししたいので、気づいたことは、何でもおっしゃってくださいね」

と、キャシー夫人がこちらの顔を覗き込む。真摯な表情だ。

「先生の所に習いに行きだしてから、ショウの動きがまるで変わりましたよ。美しさやアーティスティックな味わいが増してきたし、何よりも音楽の捉えかた、表現力が見違えるほど進歩しています」

確かにレッスン初日の頃と比べ、翔のバレエは驚くばかりに上達してきたが、それがスケートの上でも活かされているなら嬉しい。

「最後の身投げを表すジャンプを、一番の見せ場にする予定だけど、なかなか難しくて……」

と言う翔の言葉に、先ほどの烈しいチャレンジが想い出された。

キャシーから受け取ったスポーツドリンクに、おいしそうに喉を鳴らしながら、まだ大きく息をついている。そしてタオルで額の汗を拭った。

リンク内は通常の公共施設以上に冷やされており、この季節でも由美は、入るなり長袖の上着を羽織ったのに、彼の身体は熱く火照(ほて)っているようだ。

「じゃあ、そろそろいくか」

しばらく後、コーチの言葉に、再びリンクに降り立った翔の表情はもう、一瞬前の休憩していた時と違う。

位置につき、肩を曲げ両手を振り上げたポーズで構える。悪魔だ、と一目でわかった。出だしはバレエの序曲がそのまま使われ、悪魔が支配する湖の、禍々（まがまが）しい闇が描かれる。

いきなり四回転と三回転のコンビネーション・ジャンプ。冒頭で大技に挑む選手は多いが、それが成功すればジャッジや観客の印象もぐっと上がるし、本人も波に乗れるのだろう。

やがて哀愁を帯びた流麗なメインテーマが流れ、今度はオデットに変わったことを印象づける。

次のジャンプは、力強いというよりは華麗にフワリと軽く舞い上がる跳躍で、まさに飛び立つ白鳥だ。バレエ以上にスケートこそ鳥を描くのにふさわしい、と改めて感じさせられた。

中盤は王子、そして後半に入り黒鳥登場。もちろん音楽もそのシーンの曲が使用される。

本来のバレエにおいて、黒鳥オディールのパートは、人間離れした悪魔的魔力を示す、超絶技巧が見せ場となる。中でも「グラン・フェッテ」という三十二回の連続回転は、あらゆる技の中でも最も難しいものの一つで、絶頂期の由美にとっても、緊張を強いられるシーンだった。

そこを翔は、四回転を交えた三連続ジャンプや烈しいスピン、ステップ等を、これでもかと畳みかけるようにくり広げ、見事に描ききった。

王子の苦悩に続き、いよいよフィナーレの音楽が流れる。投身の場だ。狂おしげな様相で滑走し、鋭く跳び上がる。ややふらついたけれど、何とか着地した。

最後は天を仰いだ王子の安らかな表情で終わる。

しばらくそのまま肩で荒い大きな呼吸を続けていたが、やがてリンクサイドに近づいてきた。

「最後の、ジャンプが、なかなか、完璧に、決まらないけど、もっともっと、練習します」

と悔しさの滲む表情で言う。

「シラハマ先生、いかがですか？　バレエのプロとして、率直なご意見をお願いします」

ロバートの言葉に、キャシーと翔本人、三人の目がこちらに集中する。

「そうですね。全体にあの大作を、よくまとめたと思います。各役の演じ分けや表現も適切で、一目で今、何のシーンなのかわかるし。……ただ、最後のジャンプは、身投げを表すならやはり片手か両手を上げたほうが、よりイメージが出るのではないかしら？　あ、ごめんなさい。よけいな口出しして」

と慌てて詫びた。時々片手や両手を高く上げるポーズで、飛翔するスケーターを見るが、湖に投身するシーンなら、それこそふさわしいのではないか、とふと思いついたのだが……。

「それ、いいですね！　やってみましょう」

ロバートが勢い込んで立ち上がった。

「ショウ、タノジャンプ（前述の手を上げて跳ぶジャンプ）でいこう。やれるな？　無理ならループではなく、トウループ（共にジャンプの種類。ループのほうが難しい）でもいいぞ」

「はい！」とコーチに向いて力強くうなずいた翔は、すぐに中央に戻った。早速試してみたくなったらしい。その気持ちは、やはりバレエで同じような経験のある由美には理解できる。

スピードをつけて弧を描いて滑走し、大きく跳び上がった。両腕を高く伸ばしての四回転ジャンプが成功した。

「いいぞ！　これに決めよう。曲かけて。ラストの辺り」

うなずいたキャシー夫人が、すぐさま音源を操作する。

曲に合わせての最後のジャンプ。さっきよりはバランスを崩したが、何とか堪えた。

腕を振り上げて跳ぶタノジャンプは、通常の技より難易度が上がり、それだけに成功すれば得点も高くなるという。

「確かにずっと見栄えがするし、身投げらしくなったわ。シラハマ先生、ありがとう！」

とキャシーも満足そうだ。だが、そうでなくとも苦闘気味のジャンプに、より難しい要素を入れさせてしまって、はたして良かったのだろうか？

「ハードル上がっちゃったけど、やってみせます！　難しいほうが挑戦し甲斐がある。まだ日はあるし、完璧にできるまで、しっかり練習します」

そんなこちらの懸念を見透かしたように、翔は笑った。柔和な中にも、不敵さをも感じさせる笑顔。この、ある意味したたかな強さがなければ、厳しい勝負の世界に身を置くことは不可能だろう。

「次はショートをやるか。せっかくだから、シラハマ先生にも観ていただこうじゃないか」

休息の後、再びリンクに立った翔は、ちょっとおどけた感じでスタートのポーズをとった。表情も先ほどの『白鳥』の時とはがらりと違う。流れる曲はイタリア民謡「フニクリ・フニクラ」。我が国でも広く親しまれている、アップテンポのリズムに乗った明るい歌だ。

ショートプログラムは約二分半で行う課題で、フィギュアの競技はこれと、フリースケーティングの合計点で順位が競われる。ショートはフリーと違い、必須のジャンプやステップ等の種類と回数が決められており、逆に言えば、何か規定の技が抜けたりした場合は、命取りの大幅な減点になりかねない。それだけに、失敗の許されぬ、神経を遣う種目と言えよう。

イタリアらしい陽気で楽しい、時にコミカルな動きは、翔の新たな魅力だ。ただ、こういう振付けは、調子が良く波に乗って演じれば、観客の手拍子を誘い、見栄えする傑作になるが、一度リズムが狂いだすと、ガタガタと崩れてしまいやすい危険を孕(はら)んでいる。でも今の翔ならやりこなせるだろう……。

この後も、由美は自身のバレエ教室の合間をぬって、幾度かリンクを訪れたが、観るたびに技術面、芸術的表現のどちらも完成度が上がり、より見事なプログラムが仕上がりつつあった。

梅雨も明け、うだるような猛暑の中も、翔はバレエの稽古にも来続けた。とりあえずは本格的にシーズンが始まるまでという契約なので、間もなく終了するが、それが寂しいほど、常に進化する彼を教えるのは、張り合いのある毎日だった。


十月。今期、羽根田翔選手が最初に出場する競技会は、グランプリシリーズ初戦のアメリカ大会だ。グランプリシリーズとはアメリカ、カナダ、ロシア等六箇国で行われ、その上位者六名のみが競う「グランプリファイナル」は、世界選手権に続いて格の高い、権威ある大イベントだ。有力選手は二試合までエントリーでき、翔は他に、フランス大会への出場が決まっている。

放映の日、由美はテレビの前に釘付けになって見守った。

ショートプログラムでは、鮮やかなブルーを纏い、軽妙な演技を披露し四位発進。そして翌々日のフリー。リンクに降り立った翔のコスチュームは、胸元やドレープのある両袖に純白の羽をふんだんにあしらった、白のブラウス・スタイル。黒いパンツが全体を引き締める。華やかさの中に清楚な美を感じさせる、初披露の装いに見とれてしまった。

チャイコフスキーの繊細優美、時に力強く迫力に満ちた旋律に乗って、よどむことなくジャンプやステップが次々に成功してゆく。表現面も由美の教えどおり、否、それ以上の出来栄えだった。大切な最後の身投げシーンの、手を上げた四回転ジャンプもピタリと決まり、満場のスタンディングオベーションが巻き起こった。

総合三位の好成績でアメリカ大会を終え、好調の波に乗った翔は、続くフランス大会では銀メダルに輝き、見事ファイナルへの出場権を獲得した。

しかし、さすがファイナルに残った選手たちは強豪揃いで、さしもの翔も苦戦気味だ。アメリカやフランスより本人の出来は良かったにもかかわらず、四位に終わった。優勝は日本の誇るエース保科豊。立ちはだかる偉大なチャンピオンの壁は厚く、彼我の差を見せつけられた結果だった。

「この調子じゃあ、世界選手権のメダルは厳しいなあ」

帰国した翔と久々に会った時、彼は珍しく弱音を吐いた。

「何言ってるの！　もっと自信持たなきゃだめよ。貴方は毎日毎日、上達しているわ」

「毎日？　幾らなんでも、そんな……」と苦笑し肩を竦めた彼を、正面から見つめた。

「バレエだけでなく、スケートも去年より今年のほうが数段進歩、ううん、進化してる。今年のもアメリカ、フランス、そしてファイナルと、確実にステップアップしてることに、自分でも気づいたでしょ？　大丈夫。まだまだ全日本までは日が長いし、世界選手権は来年の三月よ」

「そうだな。まだ三箇月以上ある。とにかく、世界の代表に選ばれることが、第一だ」

とみずからに言い聞かせる翔の瞳に、静かな闘志が燃え始めた。

今期の世界選手権の日本男子出場枠は三人。代表には通常、全日本の上位三名が選出される。それ以外の条件として、グランプリファイナルで日本人出場者中最高位を得ること、などもあるが、その栄誉は保科にさらわれてしまった今、翔としては是が非でも、全日本で三位以内を獲得したい。もっとも、あまりみずからにプレッシャーをかけすぎると、本来の実力を発揮できなくなるが、翔自身もそれは心得ていることだろう。

十二月下旬。ついに全日本選手権が始まった。

東京で行われることもあり、由美は競技場に赴いた。

良い席と、関係者としての通行証（パス）を、翔の側で手配してくれたため、試合開始前にお礼を兼ねて励ましに行こうと、選手たちの控えの場に向かう。テレビで馴染みの顔も行き交い、ドキドキしつつ進む。翔たちはどこだろうか？

「白浜先生！」

呼びかけられ振り向くと、翔の母郁子だった。微笑みかけた由美だが、ハッと息を呑み立ち止まった。相手がひどくうろたえ、取り乱したようすだったから。

思わず「あの、どうかなさったのですか？」と尋ねる。

「実は、ロバートコーチが交通事故に遭われて……」

「ええっ！」

今朝この会場に来る時、彼の乗ったタクシーが追突されたと言う。

「とにかくすぐに、病院に運ばれました。奥様のキャシーさんが付き添ったので、連絡待ちです。今日は私がお二人の代わりに、息子の側にいるように言われました」

「それは心配ですね。で今、翔君は？」

「ウォーミングアップしてますけど……」

間もなくトレーニングウェアの翔が姿を現したが、顔色は酷く青ざめていた。

「あの、おちついて、しっかりね」

事が重大過ぎて、こんな言葉しかかけられぬ自分がもどかしい。

「わかってます。とにかく今は、ベストを尽くすだけです」

気丈にそう言いきったものの、胸のうちの動揺が、痛いほど伝わってくる。何とも暗い顔で、瞳におちつきがない。

心を残しつつ観客席のほうに戻ったものの、不安はますます強まるばかりだ。由美自身も、長い舞台生活の間には、心身の不調をおしてステージに立った経験も多いが、今翔が抱える焦燥と苦悩は、比べものにならないだろう。

翔の父親は交通事故で亡くなった、という話が胸をよぎる。彼の脳裏ではそれがトラウマとして重なり、今度のコーチの事件に、より恐怖を抱かせてしまうのでは……。

他のスケーターの演技が全く心に響かぬまま、目の前を通り過ぎて行く。そして翔たちの第四グループが始まった。出番前の六分間練習では、一応四回転等も無事にこなしていたが……。

名前がコールされ、リンクの中央に進み出た翔を、祈る想いで見守る。

いつもリンクサイドに控えるロバートと、演技の直前までコミュニケーションを取り続けるようすが印象的だが、今日は不在の彼に代わって、あまり見慣れぬ男性が控えている。ロバートの助手のような存在か？　せめてキャシーがこの場にいてくれたら、翔も心強いだろうに。

明るいコメディタッチの作品なのに、表情が硬く険しい。序盤のジャンプ。四回転と三回転のコンビネーションの予定が、最初のジャンプで大きくバランスを崩し、二番目は一回転になってしまった。ステップの動きも重く鈍く、リズムに乗りきれていない。初めてこの作品を観た時に感じた嫌な予感が、的中してしまった。次のトリプルアクセル（三回転半）は無事こなしたものの、最後のジャンプで烈しく転倒。由美は声にならない悲鳴を上げた。

演技終了後、四方に向かって深々と頭を下げた翔に対する拍手も、傷ましい姿への慰めに聞こえる。キス・アンド・クライ（選手が得点が出るのを待つ間に座るスペース）に戻ってくる時、左足を引きずっていた。さっきのジャンプで足首を痛めたのでは……。

テレビのアップ映像と違い、遠巻きでは表情までは読み取れないが、やはり沈みきっているようだ。

やがて電光掲示板に点数が映し出される。演技内容からすれば、思ったよりは良い点で、この時点で三位。だがまだまだ強豪が控えている。案の定、その後に登場した優勝候補の保科豊、また十六歳のホープ田村隆(たむらたかし)等にも抜かれ、結局ショート六位で終わった。

この全日本では、三位以内に食い込むことが必須条件である。ショート六位という状態は、点差も考え、フリーで逆転メダルも夢ではないとは言え、平静とは程遠い精神状態を想うと、厳しいかもしれない。足のようすも気になるし、挽回どころか、下手をすればさらに陥落の惧(おそ)れすらある。

「コーチに、顔向けできない」

引き揚げて行く彼が涙を流すのを、初めて見た。

「ううん、今日の貴方には、精一杯だったのはわかる。まだフリーがあるわ」

そう背中に呼びかけた由美を残し、彼は郁子と共に、病院に向かうタクシーに乗り込んだ。

帰宅後、テレビやパソコンのニュースを調べても、ロバートの詳しい容態などはあまり報じられず、由美にとっても苦しく辛い一夜だった。浅い眠りの果てに、新聞を拡げる間ももどかしく、スポーツ欄を開ける。

「王者保科圧巻の舞　堂々首位スタート」

そんな大活字の見出しに飾られた、華やかな保科選手の横に小さく、「羽根田、六位と出遅れる」と、うなだれた翔の写真が載っている。マスコミは敗者には非情だ。

ロバート関係の記事を探すと、さらに隅に見つかった。それによると、追突事故でむち打ちと脚に負傷したが、幸い命に別状はないらしい。

とは言えやはり心配だ。由美自身も見舞いに行きたい気持ちはやまやまなれど、記事には「都内の」としか報じられておらず、どこの病院かわからない。翔なら知っていようが、コーチを見舞ったり、また明日の試合に備えるこんな時期に、連絡をとろうとしても迷惑なだけだろう。

漫然と部屋を片づけ、午後のクラスへの準備等をしていても、ロバート山口の容態が気になってならなかった。それに、翔は今どこで、どんな想いを抱えているのだろう？

昼近く、携帯電話の着信音が鳴った。『白鳥の湖』だ。慌てて応答ボタンをタップする手ももどかしい。

「翔君？　翔君ね！　どうなの！」

思わず叫んだ。

「はい、先生。昨日は心配かけてすみません。コーチは大丈夫です！　今日も行って来たけど、思った以上に元気そうでした。現在はまだ検査のため入院してますが、二、三日で退院できそうです」

彼の声には安堵のおちつきの中、喜びが溢れている。

「そう！　良かったわね、本当に良かった！」

とりあえずほっと心が晴れるのを感じた。後は後遺症などが出ぬよう、祈るばかりだ。

「貴方の調子はどう？　昨日、足を痛めたんじゃないかと……」

「実は、あの転倒で、ちょっと捻挫してしまって……。それで足首が腫れちゃったんで、僕のほうも診てもらったら、幸い骨に異常はなかったです」

「それは何よりだわ。でも、心配ね。明日、大丈夫そう？」

バレリーナに足の負傷は一大事だけれど、フィギュアにおいてはさらに深刻かもしれない。ましてや今彼は、翌日に勝負のフリーが待ち受ける大切な身だ。

「もちろんやります。やってみせます！　テーピングすれば大丈夫」

力強い、はっきりした声。これまで彼の、少年っぽいナイーブな外見に隠された負けん気、競技者としての気概をたびたび垣間見てきたが、今ほどその逞しい強靭な魂を、真実感じたことはなかった。

「コーチに怒られちゃいました。『自分はまだこんなことで簡単に死んだりしないから、君まで取り乱してメソメソするな。ショート、酷かったな。だがこれはチャンスだ。ここまで崖っぷちに追いつめられれば、かえっておもしろいじゃないか。追われるほうより追うほうが絶対有利だし、土壇場で力を発揮できるのがショウだろ？　君なら必ずやれる』って」

コーチの想いをしっかり受け止めた、翔の瞳の輝きが見える気がした。

「そうよ、貴方ならやれるわ。私からも一つ言わせて。今回のフリーはとてもすばらしいと思う。フィギュアの競技としてだけでなく、芸術作品として、本当にきれいよ。だから多くの人に見てもらって、感動させてほしいの。勝負は時の運。勝つこともあれば負けることもある。でも、真に見事なスケーティングなら、観た人たちの心に永遠に残るわ。貴方が闘う相手は自分自身。今出せるすべての力を注いで、悔いのない最高の演技を見せてね」

一瞬、息を呑むような間の後、

「ありがとうございます」

と静かな声が返ってきた。

「僕、今までどうしても、保科選手に追いつき追い越したい、負けたくないって、彼を酷く意識して、そればかり考えていたようです。さらに今回は田村君にまで抜かれて……。だけど本当に必要なのは、誰より上とか下とかじゃなく、自分に負けないことなんだって、今気づきました」

「そうよ。明日は他の選手たちなんか気にしないで、ひたすら自分の演技だけに集中してね。ロバートコーチのためにも」

会心の演技ができれば、結果はおのずとついてくる。理屈ではそれを理解できても、実際にそう悟るのは難しい。だが今の翔なら、と信じられた。

「しっかりね。リンクで見守るからね」

はい、という歯切れの良い返事を残し電話が終わり、由美は顔を上げ、一つ大きく息をついた。

そして翌日。再びリンクに向かった由美は、次第に高鳴る胸の鼓動を抑えつつ、リンクサイドの席に着いた。氷上では、最終グループに残った上位六名の精鋭たちが、試合前の六分間練習をくり広げている。惨憺（さんたん）たる出来のショートプログラムだったが、辛うじて踏み止まり、この最終グループに何とか入れた翔。やはりどこか悲壮感漂う面持ちだ。ジャンプも着地でふらつき、顔をしかめた。足がまだ痛むのだろうか……。

——翔君、いつもの貴方をそのまま見せて。コーチに、私に、日本中の皆に。

先ほど控えの場を訪ねて直接口にした言葉を、心の中で再び唱え、祈りをこめて彼を見つめる。

六分間が終わり、グループ最初の演技者、田村隆だけがリンクに残る。昨年までジュニアで今年シニア・デビューの彼は、ショートで思いがけず二位と好発進し、初優勝を意識し過ぎたせいか、かえって硬く萎縮した動きでミスを連発。一昨日のショートとは程遠い出来だった。

二人、三人、四人と得点が更新され、翔の超えねばならぬハードルが上がってゆく。

そして五人目に優勝候補の筆頭、保科豊が登場。一段と高い拍手と歓声に迎えられ、両腕を拡げたポーズを取った姿は、早くも「主役」の風格を漂わせる。ドラマティックなスペインの曲に乗ったフラメンコを取り入れた演技は、技術、表現面とも申し分ない出来で、さすが王者とうならせられる。満場のスタンディングオベーションにふさわしい高得点。後に翔一人を残し、この時点で他を大きく引き離し、堂々の一位だ。

いよいよ羽根田翔の名がコールされる。あの保科の次に、最終滑走者として登場せねばならぬのは、何とも分が悪いが、これも運命か。

——貴方の白鳥を……。

こちらに向き直った翔と、目が合った。動きを止めた彼が、しっかりと見つめ返してくる。

その瞳が、「先生、僕は僕の演技をします。見ていてください」と語るのが感じられた。彼の面から緊張が消え、良い意味でピンと張りつめたものが漲る。同時に彼を中心に、リンク全体へと透明な静けさが満ちてきた。バレエでも、このような時には良い演技ができる。由美自身も幾度か体感した境地だ。大丈夫。翔はやれる。

耳慣れたチャイコフスキーの短調の調べが、突然激しく躍動し、悪魔が踊り狂う。最初の見せ場。完璧なコンビネーションジャンプが成功。

白鳥と化したオデットの嘆きと、王子との出会い。細やかな神経の行き届いた所作は、上品で優美だ。翔の白い衣装の腕の動きが、白鳥の羽ばたきと重なる。

そして黒鳥オディール登場。もはや波に乗った彼は、完全に観衆を味方に引きつけ、さらに調子を上げてゆく。最初は祈るような気持ちで、一つ一つの技のたびに拳を握りしめ、身体を強張（こわば）らせていた由美だが、やがて不安は薄れ、翔が描く芸術の世界に身も心も誘（いざな）われていった。

愛の誓いを裏切ってしまった過ちを悔い、月光降り注ぐ真夜中の湖畔へと、王子は急ぐ。

愛し合う二人に残された道は、もはや死のみ。銀色に輝く湖に身を投げた愛しい姫の後を追い、みずからも身を躍らせる王子。

腕を上げての、大きく美しい四回転ジャンプが、高く鮮やかに決まった。

第三話　くららの夢

今度の発表会の演目は、『くるみ割り人形』にしよう。

「スワン・バレエスクール」の白浜由美は、そう心を決め、ＤＶＤラックから同作を選んで観始めた。むろん、ストーリーも振付けも頭に入っている馴染みの作品ではあるものの、公演で取り上げるとなれば、やはり再確認しておきたいポイントは多い。

四十歳でプリマとしての舞台生活を引退し、このスクールを開校して約五年の現在まで、毎年発表会を開いてきた。

現役時代にも、みずからの舞台活動の傍ら、幾つかのバレエ教室に講師として教えに行き、そこの発表会の企画や指導に携わった経験が、今大いに役立っている。

アマチュアの会は、今回のように一つの大作を取り上げるより、小さな短い作品を寄せ集めた「小品集」にするほうがやりやすい。配役面でトラブルが起きる惧れがないし、出演生徒たちそれぞれの年齢や経験、力量、また希望に合わせた踊りを、選んであげることができるからだ。

逆に『くるみ割り人形』一つにしてしまうのは冒険と言えるが、思いきって挑戦したかった。スクールには小、中学生たちも大勢いるため、子供の役が多い本作はうってつけだし、後半には独立した短い踊りが幾つも入るから、その意味でも各人の出番、見せ場を作れる。

ほとんどの生徒たちが、年一度の晴れ舞台を楽しみにしてくれているようだが、由美当人にとっても、今や大いなる喜びで、張り合いと言えた。教え子たちの上達、練習の成果を目の当たりにするのは幸せだし、自分も必ず一曲踊るから、それもみずからの励みとなる。

——あと何年、踊れるかしら？

ふとそんな想いが胸をかすめるけれど、やはり久々に舞台に立つのは、心弾む想いだ。

ＤＶＤの映像は進んでゆく。

チャイコフスキー作曲『くるみ割り人形』は、『白鳥の湖』『眠りの森の美女』と並ぶ、三大バレエと讃えられる名作だ。

クリスマス・イブ、少女クララの家では知り合いの親子たちを大勢招いての、パーティーが開かれている。彼女はドロッセルマイヤー老人から、くるみ割り人形をプレゼントされ大喜び。だがそれを奪おうとした兄（弟とする場合も）フリッツと取り合ううち、人形は壊れてしまう。老人はすぐ直してくれたけれど、クララは人形を玩具のベッドに寝かせ、「看病」し続ける。

そして真夜中、人形が気になり、起き出してようすを見に来ると、なんと広間では鼠の王様率いる鼠の軍団が、我が物顔で暴れているではないか。迎え撃つは、あのくるみ割り人形が指揮する玩具の兵隊たち。不思議なことに人形くらいのサイズに身体が小さくなったクララは、驚き恐怖に震えながらも、勇気を振り絞って自分のスリッパで鼠の王様をやっつける。と、その瞬間、人形は凛々しくも美しい王子様に変身する。

そして、助けてもらったお礼にと、クララを魔法の世界に招待する。

純白の雪降りしきる幻想的な雪の国を抜け、二人はお菓子の国へ。

女王「金平糖の精」をはじめ、お菓子の国の住人たちは二人を歓迎し、各国の踊りを披露してくれる。そして、金平糖の精と王子の美しいパ・ド・ドゥ。目くるめく幸せの一時が過ぎ、お菓子の国に別れを告げる。

朝の光が射し、クララはくるみ割り人形が置かれた小さなベッドの側で、目を覚ます。

あれは夢だったのかしら……？　彼女は愛しげに人形を胸に抱きしめた。
という物語で、これを上演する場合、幾つかのパターンがある。まず、クララを大人のバレリーナが演じる場合と、バレエ学校の生徒など、実際に十代の少女にやらせる方法。またこの作品の、物語としてのヒロインはクララだが、バレエの面で一番見せ場のある主役は、金平糖の精だ。だから第一のプリマが演じるのはクララではなく、金平糖の精となるが、ごく希に、両役を一人が踊るケースもある。

さらに、最後の目覚めは描かず、お菓子の国のシーンで終わらせるとか、さまざまな解釈や上演法が可能なだけに、全体のプランを決め演出する者としては、やり甲斐のある作品と言える。

まず、主役の少女クララは誰に当てよう？　考える間もなく、矢吹姉妹が頭に浮かんだ。矢吹れみ十五歳と、くらら十二歳の中学生姉妹。二人とも小学生の時から習い続けている。彼女たちを想い浮かべたのは、やはり妹の名前が、本作のヒロインと同じ「くらら」であるためもあった。

姉のれみは、年齢より大人びて見える華やかな顔立ちをしており、バレエのテクニックも、同年代の中ではずば抜けて巧い。それに対して妹くららのほうは、容姿も踊りも地味で目立たない。特に下手とか出来が悪いというわけではないものの、どうしても姉の陰に隠れてしまう子だ。

これまでの発表会では、大概姉には難しい作品や派手な役を与えてきたのに対し、まだ幼く未熟だった妹には、小さな短い踊りや「その他大勢」の脇役しかやらせてこなかった。だが、くららももう中学生。大分背も伸び身体も成長したし、バレエのほうも進歩を見せている。今回は、彼女にも何かスポットを当ててあげたい。

やはりクララは、姉れみが良いだろう。ジュニアクラスではピカイチだし、無事にこなしてくれるはずだ。そして妹くららには何を？

あれこれ役に想いを巡らすうち、良いアイディアが閃いた。クララ役を前半と後半に分け、リレー式に姉妹二人で一役はどうだろう？　クララをすべて一人に任せてしまうと、比重が大きくなりすぎてしまうけれど、半分に分ければ、他の生徒たちともバランスが取れる。

二人は容姿や雰囲気が違うとは言え、やはり姉妹だからどこか似ているため、途中で変わっても、あまり違和感がなく見られるメリットもある。

初めての大役に喜ぶくららが、目に浮かぶようだ。

もう一人のヒロイン、金平糖の精は？　こちらは高校生以上の大人クラスから選ぼう。ふと、かつての教え子、清水ひかりの端整な面影が胸をよぎった。彼女は由美がまだ自身のスクールを持たず、他所（よそ）のアシスタントだった頃から教え続けた、言わばお弟子第一号だ。際立った素質があり、一流プロになれると期待していたのに、結婚を機にバレエを辞め、専業主婦の道を選んだ。今でもたまに手紙が来たりして元気なようすだが、時に彼女の踊りを懐かしく想い出す。もしもひかりがいたら、金平糖の精は彼女だっただろう。

いろいろ考えた結果、金平糖の精も、三つのパートを三人に当てることにした。メインとなるバ・ド・ドゥは、まず主役男女の二人が組んだ踊りの後、男女おのおののヴァリアシオン、そして再び男女のデュエットダンスで締めくくられる四部構成だ。つまり、女性が踊るナンバーは三曲なので、それぞれ別の人に振り分けることも可能と言える。

二十歳前後の生徒たちの中で、特にキャリアが長く実力のある男女を三人ずつ選びだしてみた。一番難しいコーダ（締めくくりのデュエット）の場面に決めた早乙女沙夜（さおとめさや）は、清水ひかりが去った今、最も巧い生徒として注目の存在だ。あまり過度に期待を寄せるのは、本人のためにも由美自身にとっても良くない、とこれまでの経験からわかってはいるが……。

雪の精たち、鼠たちは？　お菓子の国のチョコレート（スペインの踊り）、コーヒー（アラビア）、お茶（中国）、トレパック（ロシア）、葦笛（あしぶえ）の踊りや花のワルツなど、それぞれ当てはめてゆく。

バレエスクールの生徒は、圧倒的に女子（女児）のほうが多く、男子は女子の十分の一にも満たない。そこで本来なら男性が踊るパートも、女の子に踊らせるような工夫も必要となってくる。由美がかつて留学した英国のロイヤル・バレエスクールでは、こういった現象はなかった。日本でも、もう少し男の子が入門しやすい雰囲気、環境が整えば良いのだが……。

キャスト表が徐々に埋まってゆく中、由美ははたと考え込んでしまった。自身が踊る役を決めるのを忘れていた。空いているのは、ドロッセルマイヤー氏ぐらいで、これは年配男性のキャラクターであるため、生徒の中にはふさわしい人材が見つからず、保留にしておいたのだ。

いっそ、自分がドロッセルマイヤーをやってしまおうか？

そもそもドロッセルマイヤーとは何者なのか？　物語の鍵を握る人物で、いろいろな解釈がある。「人形作りの職人」や「人形遣い」、「時計職人」、また「手品師」から「魔法使い」まで職業設定も変わるし、優しく親切な小父さんにも、多少得体のしれぬ、いかがわしく怪しげな男にもなる。年齢も中年から老人まで、演出、演じ手によってさまざまだ。

彼は単に、人形をプレゼントしただけの人物なのか、それともこの物語そのものが、彼がクララに見せた夢なのか？……

由美がドロッセルマイヤーをやるとしたら？　歳は、実年齢の四十代半ばで良いだろう。男役のまま男装して踊ろうか、それとも、女という設定に変えてしまおうか？

魔女風も考えられるが、特に男とも女とも決めぬ、中性的な雰囲気が良いかもしれない。服装、髪形などもそのプランで……。今まで女性の踊り手が演じた例を、自分は知らない。これはおもしろいことになりそうだ。由美は悪戯(いたずら)を思いついた子供のように、にやりと笑った。


「えっ、私がクララ？」

矢吹くららは、そう小さく叫んで目を見張った。

「そう、貴女がクララよ。貴女には前半をやってもらうわ。後半はお姉さんが踊るから、二人で一緒にがんばってね」

そうはっきりくり返しても、未だ信じられないらしく、びっくりしたようすで目を見開いている。

「だって、私が、クララ？　しかもお姉ちゃん、あ、姉と……」

と言い直し、こちらを見上げてくる。

「私、大丈夫かなあ？……」

戸惑いと不安が、上目遣いの瞳をよぎるのが見て取れた。

「大丈夫。貴女も巧くなってきてるし、これからしっかりレッスンしましょうね」

「はい！」とうなずいた面が、ようやく嬉しそうに輝く。

「良かったね！」

そこに近づいてきた姉のれみも、笑顔で妹の肩を叩く。

「れみちゃんには、真夜中のシーンから踊ってもらうつもりよ」

くるみ割り人形をもらって喜び、抱いて踊るクララ。その人形を壊され泣きべそをかき、包帯を巻き寝かしつける少女の、幼く純真な優しさ、愛らしさは妹のくららに。そして真夜中、人形と共に勇敢に闘い、凛々しい王子となった彼に導かれ、夢の世界へ誘われる場面は、姉のれみが……。クララは麗しい王子に、心惹かれ胸ときめかせる。それは彼女の淡い初恋……。クリスマスの一夜、ほんの少し大人へと成長するのだ。

「ありがとうございます！　がんばります！」

二人声が揃ったのは、いかにも姉妹の息が合って微笑ましい。実は今回の配役に際して、むしろ心配したのは、れみのほうの反応だ。これまで毎回自分よりずっと下の扱いが続いた妹と、同じ役を演じることは姉として、先輩としてプライドが傷つくのでは？　と気にかかったのだけれど、どうやら杞憂だったようだ。

他の生徒たちも、それぞれ自身の配役に、概ね満足してくれたようで、由美はほっと胸を撫で下ろした。

間もなく発表会に向けたレッスンを始める予定だが、それまでにとにかく、各シーンの振付けを決めねばならない。素人の、しかもほとんどが未成年者なのだから、本来の定型より簡単で、易しいものに変える必要があるし、不要な部分は省いてハイライト上演にすれば良い。後は実際に稽古を始めてから、ようすを見て手直ししていこう。

日ごとに暑さが増してゆく中、『くるみ割り人形』の指導を開始した。

頭で決めた振付けを実際に生徒たちに踊らせてみると、いろいろ問題が生じてくる。力量に対して難し過ぎたり、逆に簡単にし過ぎて見栄えがしなかったり、改良せねばならぬ点は山積みだ。

その中で、金平糖の精のパ・ド・ドゥを踊る、早乙女沙夜と吉崎誠（よしざきまこと）のコンビは、早くも期待どおりの出来を示し始めた。二人はプロと同じ内容を見事にこなすだけでなく、安定感のある踊りは美しい。本番までにさらなる完成度を示すだろう。

ジュニアクラスでは、やはり矢吹れみは教えたことをすぐ覚え、上達も早く、無理なく大役をこなしてくれそうだ。彼女の場合は年齢も考慮し、素人向けにしたものを教えたのだが、もう少し難易度を上げ、プロ仕様に近づけても大丈夫かもしれない。

問題は妹くららのほうだ。れみより覚えが悪く、なかなか要求どおりの動きがこなせない。

「そうじゃなくて、斜めに！」

「そこはもっと、大きく手を動かして」

まだ稽古を始めたばかりとは言え、この調子では先が思いやられ、無事仕上がるか危ぶまれる。いざとなったら特訓するしかないけれど、やはりくららには荷が重いか？　大幅に振付けを変更するか、或いはもっと簡単で小さい役に替えるほうが、本人のためにも良いのでは？……

プロのバレエ団員なら、役に見合ったレベルに達さない者は、シビアに切り捨て降ろす場合もある。そうした実例を何度か見てきたし、それも当然な厳しい世界なのだ。だがアマチュアの発表会においては、何と言っても生徒たち全員が、楽しく気持ち良く参加できることのほうが大事だ。そのためにおのおのの力量に合わせて、それぞれを輝かせるよう、全力を尽くしてサポートするのが主宰者、指導者の役割、と思う。

「貴女がクララよ」。そう告げた時の、くららの嬉しそうな瞳が想い出される。何とかこのままやらせてあげたいが……。

梅雨の雨の続くある日、レッスンの後、れみや他の生徒たちは更衣室に消えたのに、一人残ったくららが、「先生」、とこちらに近づいてきた。用事を尋ねると、

「私、全然巧く踊れなくて……。どうしたらいいのかな？」

と思いつめた顔で言う。

「大丈夫よ。貴女は一生懸命だし、それに少しずつ良くなってるわ」

「えっ！」

不安と喜びの交錯した表情。

「毎回巧くなってるから、発表会にはちゃんと踊れるようになるわよ」

「本当に？」と瞳が泣きそうに見開かれる。

「そうよ。だから安心して」

もちろん、くららを慰める意図も入っているとは言え、事実でもあった。初日頃は確かにかなり下手で、クラスの中でも見劣りしていたけれど、それだけに他の生徒たちと比べ、一回ごとの進歩の度合いがはっきりと目に見える。

「はい！　最近は毎日ＣＤ聴いて、振付けを考えながら、頭の中で踊ってます」

真っ直ぐこちらに向けられた瞳がきれいだ。今まであまり美人と思っていなかったが、よく見ると意外に整った顔立ちなのに、改めて気づいた。

「それはとても良いことよ。バレエ、本当に好きなのね」

「はい！　踊っている時は、嬉しくて幸せだから」

言葉で確かめるまでもなく、満面に浮かぶ素直な笑みの輝きが、バレエへの愛の強さを語った。

幼い頃から身体の柔軟性等を鍛える必要のあるバレエは、小学校入学前から習い始めるのが望ましく、事実そうするケースが多い。が、中学に入るとさまざまな変化が訪れる。

勉強量や宿題も増え、部活や新しい友だちとの交流も始まり、興味の対象が拡がり、思春期にさしかかった肉体も成長する、等々……。また、このくらいの歳になると、本当に自分がバレエに向いているのか、素質があるかどうかも、おぼろげながらわかってくる。そして結局辞めてしまう子供たちも出て、一つの分かれ道の年代とも言えよう。振り返れば、由美でさえ、続けることを悩んだ年頃だった。

だが大丈夫。くららは「好き」というその気持ちで、乗り越えてくれるだろう。そんな彼女を、初めて頼もしく感じた。

次のジュニアクラスの稽古日。

いつもくららは大概一番乗りで、誰よりも早く熱心に柔軟運動や、バーを使っての基本練習などを始める。このところはクララの踊りの復習中心だが、今日は由美が現れると、嬉々としたようすでこちらに飛んで来た。そして、

「先生、見てください！」

と、何かノートを差し出すではないか。受け取り目をやった途端、思わず声をあげた。教えてきた振付けが、ポーズを示すイラストと言葉で、詳しく書き留めてある。顔は単なる丸、腕や脚は棒で描かれるなど、絵というよりむしろ記号だが、「アラベスク」「パ・

ド・ブレ」「プリエ」「ピルエット」等、バレエの動きを示す用語が添えられており、かなりわかりやすい説明書となっている。

「これ、みんなくららちゃんが作ったの？」

「はい。あの、間違ってないか、先生がチェックして直してください。お願いします！」

「凄いわね。大変だったでしょ？　よくがんばったわね」

ページをめくり感心し、うなった。これを仕上げるのは相当な時間と労力を使ったはずだ。

「うん、大丈夫。間違ってないわよ。あ、ここのとこはただ『パ・ド・ブレ』じゃなく、『右へ五歩パ・ド・ブレ』と書いておくほうがわかりやすいわ。それからここは……」

うなずいた彼女は、早速書き込んでいる。

「あとは完璧ね。こういうふうに自分で書き留めると、はっきり頭に入って覚えられるのよ」

表現方法は違うが、由美もかつて新しい作品を習った際には、紙とペンでメモを取ったものだ。

「書くようになってからは何か、前よりよく覚えられる気がします」

　このところ進歩が見られるのは、彼女なりのこうした努力が実ったゆえだろう。

「この先も、最後まで続けて仕上げてね」

　今まで教えたのは彼女のパートの、約半分なのだ。

「はいっ！」とうなずいた彼女は、

「それから最近、お小遣い貯めて、『くるみ割り人形』のＤＶＤを買ったんですよ」

　と、得意そうに顔を上げる。誰の主演のディスクか聞くと、数ある中でも代表的名盤だった。

「あ、あれはすばらしいわよね。私も大好きよ。でも、他にも良いのがあるから、もし観たかったら貸してあげるわ」

「えっ！　ありがとうございます。お小遣いではなかなか、幾つも買えないので嬉しい！」

　と、飛び上がらんばかりだ。

「一流の方たちの演技は、とても勉強になるわ。できるだけたくさん観るといいわよ」

　自分の少女時代には、今ほど簡単に数多くの映像が手に入らなかったため、実際に舞台を観に行くか、テレビでやるのを待つしかなかった。放送がある時には朝からワクワクして、画面にかじりついた遠い日を想うと、今の子たちは恵まれている。

とは言え、DVDを持っていない生徒も多いので、近いうちに、『くるみ割り人形』の映像鑑賞教室をやろう、と思いついた。

そうこうしているうち、れみや他の面々が三々五々集まって来た。

ノートを返しレッスンを始めても、ずっとくららとの会話が快い余韻を残し続けた。

一方、生徒たちの稽古と並行して、由美は自身が演じるドロッセルマイヤーについてのプランも練った。やはり彼（彼女？）は、ただの生身の人間というよりは、不思議な魔力を持った存在にしたい。シンデレラに南瓜（かぼちゃ）の馬車とドレスをプレゼントする魔法使いのように。そしてクララの夢を叶えるのだ……。

そういうキャラクターを描くには？　初歩的なマジックを覚え、舞台で花束や人形等を出現させるのも良いかもしれない。小、中学生の出演者がたくさんおり、当然観に来るお客たちにも、その友だちなど年少者が多いはずだ。そんな子供たちも皆、楽しめる舞台にしたい。

稽古は順調に進んでいった。そして日が経つにつれさらに、くららの演技は良くなってきた。少なくとも振りは完璧に覚え、間違えなくなり、一つ一つの技のこなしも安定してきている。

だが、何かが足りない。皆の演技を観察し、それが何なのか気がついた。舞台向きの華やかさがないのだ。ステージで映えるオーラ、魅力など、いわゆる「華がある」と言われる輝きを、真のスターたちは誰もが持っている。個性、自分にしか出せない味、大勢がワサワサいるシーンでも、観客の目をこちら一人に引きつけてしまう魅力。それらはなかなか本人の努力や訓練で身につくものではない。持って生まれた天賦の才の面が強い。まだアマチュアと言えども、その違いはすでにおのおのの間に出始めている。れみは「華」を持っており、くららには残念ながらそれがないのだ。

バレエを愛し熱心なことにかけては、生徒たちの中でも一、二を争うほどなのに、天は二物を与えず、か……。彼女がかわいそうに思われてくる。

何か良い方法はないだろうか？　プロのステージなら、衣装やメイクやライトの当てかたで、主役を目立たせる手もあるものの、発表会で露骨にやるのは具合が悪いし……。

そして、午後の教室がないその日、真夏を想わせる陽射しの中、由美は久々に実家を訪ねた。

夕食は、母が得意のグーラッシュ（ハンガリー風シチュー）をご馳走してくれると聞き、自分はシーザーサラダを作ることにした。

「こうやって一緒に台所に立つなんて、久しぶりね」

母の基子が感慨深げに言う。もちろん母とは何かと機会を作ってよく会ってはいるけれど、一緒にデパートに行ったり、レストランで食事したり、観劇等が多い。また、実家を訪ねると、母が張りきって早くから料理してくれてしまうので、大概こちらは食べるだけだ。そういう時、

「貴女は子供の頃から、これ大好きだったわよね」

などと言いながら、由美が頬張るようすを、目を細めて見つめるのが常だ。こんなふうに甘えて母の手料理に舌鼓を打つのも、親孝行のうちと言えるか？　もっとも、こちらからも時々手製のマリネや唐揚げ、ケーキ等を、タッパーに入れて届けはしているが。

「本当。ママと並んで作るの、一年ぶりくらいかな？」

慌ただしく流れ行く時を想う。クーラーが入っていても、ガス台で調理しているとすぐ汗だくになってしまう。が、何とも楽しい。

「たまにはこういうのも嬉しいわね。パパも楽しみにしてるわよ」

基子の輝く笑顔に、由美は幸せを覚えた。と同時に、もっともっと親孝行せねば、と胸の奥が微かに痛んだ。

「わあ、やっぱりママのグーラッシュ、最高だわ！」

パプリカを効かせたトマト味のスープで柔らかく煮込んだ牛肉を味わうと、口中に懐かしい美味が拡がる。

「サラダもすばらしいよ」

フォークを口に運び、父洋介（ようすけ）も満足そうだ。

「そう？　嬉しい、喜んでもらえて。本当はね、私、最近ボルシチのおいしいレシピ覚えたんで、二人に食べてもらいたいと思ったけど、グーラッシュとじゃ合わないから、今日はやめたの」

牛肉と野菜のスープ風煮込み同士では、どう考えても相性が悪い。

「そうだな。主菜を引き立てる副菜もあれば、それぞれおいしくても、味を殺し合っちゃう組み合わせもあるからなあ」

「そう、メインのほうも、強い個性のとそうではないのも、いろいろだからね」

自己主張の強い主役と脇役……。ふと、くららの踊りが胸をよぎった。確かに彼女のようなタイプは、組む相手によっては埋もれてしまう。だが一方、全体の調和を乱すことなく、しっかりと舞台を支えてくれる存在にもなれるのでは？……

「どうしたの？　急にぼんやりして」

娘の物想いに敏感に気づいたのか、母がこちらの顔を覗き込む。

「実はね……」と、由美はくららたちのことを語った。

「そうなの。姉妹で同じお稽古をするのは、いろいろ難しいのよね。私もね……」

基子は子供の頃、姉頼子（よりこ）と一緒に、同じ教室でピアノを習っていたと言う。

「もちろん最初はお姉様のほうが、私より遥かに巧かったし、ずっと難しい曲を次々に習ってたわ。子供の頃の六つ差って大きいでしょ？　だから私から見ればまるで大人で、先生と同じくらい上手だと、本気で思ってたの。実際、家でさらってゆく宿題なんかは、先生代わりに見てもらったのよ。『ここに注意して』とか『大分巧く弾けるようになったわね』とか言って、丁寧に親切に教えてくれたわ。まあ、ちょっと得意っ、ていう感じもあったけどね」

母より六歳年上の伯母の顔が浮かんだ。

「だけど、学年が進んでいくうちに、だんだん二人の間の差が縮まっていって、ついに高校になった頃、私のほうが先にショパンのワルツをもらえたの。ほら、あの嬰ハ短調の……」

と、七十過ぎとは思えぬ美声で、感傷的で流麗なメロディーを少し歌ってみせた。

「ああ、あの曲ね。『シルフィード』の……」

『レ・シルフィード』は、ショパンのピアノの小品を数曲集めて、オーケストラ編曲したものに振り付けられたバレエで、特別なストーリーはなく、月光降り注ぐ夜の森、風の妖精と人間の若者が、出会い惹かれ踊り明かす、というような幻想的な作品だ。

バレエに携わる者なら、それらのピアノ曲から『レ・シルフィード』を連想する。そして母が口ずさんだ旋律は、作品全体のハイライトとなる、パ・ド・ドゥで使われる部分だ。

「あれ、私も大好き。ママが弾いてたなんて凄いわ」

由美が生まれた頃には、母はすでにピアノを辞めてしまっていたため、その演奏の記憶はない。でも、あんな難しそうな曲を弾きこなしていたとは、かなりの腕前だったのだろう。

「それでね、私、あのワルツを始めるように先生から言われて、とても嬉しくてがんばって一生懸命お稽古したの。ところがお姉様はまだあれを、やらせてもらっていなかったのよね。憧れていたらしいのに、自分が弾く前に妹の私に先を越された、って相当怒って、しばらく機嫌悪くしていたわ。『なんで基子が先なのよ！』って」

姐御肌で面倒見の良い、優しい姉だという伯母ですらそうだったのだ……。

「『もう、ピアノ辞めちゃいたい！』とか荒れたり……」

「それは大変だったわね。で、どうしたの？」

「まあ、そのうち姉は、別のもっと難しい曲をもらって、ようやくおちついたけどね」

と、苦笑交じりに語って、小さく肩を竦める。もう五十年以上も昔の話なのに、それだけ母にとって、かなり堪えた経験だったのだろう。

「難しいのねえ……」

そう言えば、伯母とのピアノを巡るエピソードは、以前にも耳にした記憶はあるが、今、れみとくららについて考えながら聞くと、違った意味合いで心に響いた。兄弟姉妹のいない由美には、理屈ではわかっても、なかなか実感できない感覚だが……。

「姉妹の生徒を教える時は、細かく慎重に気を遣わなきゃね……」

本来その相手個人の素質や、習熟度合に適した課題を与えるのが正しい指導法で、そういった情実に左右されるのは望ましくない。だが、生徒たち一人一人の人間的感情を思えば、きめ細かな心配りの対応も、時に必要となろう。

それから由美はしばらく、他のお弟子たちについての話や、今度の『くるみ割り人形』のプロデュースに関する苦労話などを語り、両親はじっくり耳を傾けてくれた。

「いやあ、しかし由美ももう、立派な先生なんだな」

「だってもう、スクールを開いてから五年よ」

いつまでも新米先生ではいられない。指導者として、こちらも成長せねば。

「そうなんだなあ……」

父のつぶやきは感慨深げに響いた。

バレエを習い始めた幼い頃。必死にレッスンに努めた少女時代。留学、そしてプリマとして頭角を現し脚光を浴び、舞台活動に明け暮れた日々。それらの年月を、両親はいつも支えてくれてきた。そんな親にとって、娘はいつまでも「子供」なのかもしれない。それに、父にはバレエスクールでの出来事については、ほとんど語っていなかったのを思い出した。

「今度良かったら、僕も一度発表会に顔を出したいな」

「えっ！　パパが？」

「そうだよ。ママは何度も行ってるんだろ？　迷惑でなければね」

「迷惑だなんてとんでもない！　嬉しいわ」

母はスクールの発表会を幾度か観に来てくれたが、父からこんな申し出があるとは……。

「由美が育てた愛弟子たちなら気になるし、第一、久しぶりで我が娘の晴れ姿を観たいからな」

そう言った父の笑顔は優しく、そして少し老いを感じさせた。

「そうよ。みんな私のかわいい子供たち。だからパパの孫でもあるんだからね。私もがんばるわ」

久方ぶりに父に見せる踊りが、堂々と誇れる出来になるよう、そしてそれが親孝行になるよう、祈らずにはいられなかった。


「バレエコンクール・ガイド」

アシスタントの渡部千尋から渡された小冊子を点検する。

毎年、ダンサーを目指す少年少女たちを対象とした、バレエコンクールが世界各地で数多く行われている。それらは開催国、規模、出場資格等千差万別で、国際的権威あるものから、気軽に挑戦できるローカルなランクまで、程度もさまざまだ。

やはり名の通ったハイレベルのコンクールで入賞することは、プロへの確実な近道と言えよう。由美自身、「ローザンヌ国際バレエコンクール」でスカラシップ賞を得て、受賞者への特典として英国ロイヤル・バレエスクールへ留学を許され、それがロイヤル・バレエ団への入団につながった。

他にも日本人でこの「ローザンヌ……」や、アメリカで本選が行われる「ユース・アメリカ・グランプリ」等から巣立った、一流舞踊家は多い。

開校以来の五年間では、「スワン・バレエスクール」からプロへと羽ばたいた者はまだいないが、いずれ……。偉大なプリマを育てることは、スクールの主宰者として、一つの夢とも言えた。

まずは生徒も指導者も、将来の目標を明確にすべきだ。あくまで少女（少年）時代のお稽古事、趣味として楽しむのか、プロを目指すのか？　それによって教えかたを変える必要があるし、生涯バレエに生きたいと望む者に対しては、できる限り後押しをしたい。

「ローザンヌね……」

ローザンヌのコンクールは、アマチュアのバレエ学徒たちを対象としており、参加資格の年齢規定は十五歳から十八歳、と狭い。

矢吹れみの顔がふと浮かんだ。彼女は確か現在十五歳だ。今のままでは無理なものの、その気になって特訓すれば、挑戦も不可能ではないだろう。心に一筋の明るい光が生まれ、拡がってゆく気がした。

暑さは少しずつ和らぎ、初秋の涼やかな風が感じられる頃、『くるみ割り人形』は、その発表会に向けて、次第に形が整ってきた。金平糖の精役の早乙女沙夜をはじめ、巧い子もそうでない子も、それぞれが真剣に取り組み、持てる力をすべて発揮しようと、努力しているのがわかる。そんな生徒たちの誰も皆かわいい。

由美自身も基礎訓練から改めてやり直し、またシェープアップにも努めた。何しろドロッセルマイヤーという今まで全く経験のない役だし、男役（？）への挑戦も初めてなため、最初はなかなか思うようにはいかなかった。それで、宝塚歌劇の舞台を観て男役の仕草を研究し、また、伝を頼ってマジシャンに短期弟子入りし、簡単で見栄えのするマジックを習ったりもした。そして、ようやく舞台で披露する技も決まった。

皆の衣装をデザインし、発注するのも大仕事だ。あまり予算はかけられぬが、できる限り華やかで愛らしく、舞台映えするものを作ってあげたい。大概の生徒たちにとって、美しいチュチュを着られるのも、バレエを習い発表会に出る、大いなる楽しみの一つなのだから。

本当に沙夜とれみは、群を抜いて巧い。日を追うごとにますます磨かれ、子供の稽古事、「素人のおさらい」のレベルを超えてゆく。彼女たちはプロへの道を歩んでくれるだろうか？　もし希望するなら、れみには「ローザンヌ……」を、沙夜には、より年齢資格が広い「ユース・アメリカ……」のほうを薦めてみよう。二人にはさらに精進して、大成してほしい。

一方、そんな二人に負けず劣らず、くららもすばらしい。むろん、二人のような飛び抜けた巧さはないものの、誰よりも熱意が伝わってくる。

「くららちゃん、凄くがんばってますね」

渡部千尋も、感心したようにつぶやく。

「スワン・バレエスクール」では現在、この千尋をはじめ、四人のアシスタントに手伝ってもらっている。喜ばしいことに生徒数もかなり増え、とても由美一人では無理だからだ。アシスタントたちは普段は主に子供クラスやビギナークラス担当だが、こうした発表会の時期などは何かと用事も増え、彼女らの手なしではやっていけない。生徒たち同様、この四人も由美の大切な「娘たち」だ。むろん発表会の舞台でも、彼女たちの活躍が期待される。

その日、稽古が終わった後、れみが一足先に着替え終えて出て来た。大概くららのほうが遅くなり、れみは教室の隅の椅子で妹を待つ。そんな時彼女はよく、寸暇を惜しんで教科書や参考書らしきものを開く。学校の勉強にも熱心な、真面目な努力家なのだろう。

いつも真剣なようすなので、なるべく声をかけず、邪魔しないように気を遣うが、ふっと顔を上げた彼女と目が合った。

「宿題なの？　がんばってるわね。何？　英語？」

れみは教科書をこちらに向け微笑む。

「はい。私、数学とかは嫌いだけど、英語は大好き。勉強してて楽しいからどんどんやりたくなるし、どの科目よりも成績良いんです！」

「それはいいわね。私は昔、英語ではとても苦労したから……」

十代後半で家族と離れ、イギリスに留学した際、特に初めは言葉がわからず苦難の連続だった。むろん、中学校などで基本の英文法は人一倍勉強したたし、留学前に英会話スクールで特訓を受けたりしたものの、そんな程度ではとても通用しない、と思い知らされたのだった。それでも、向こうで暮らす実践のうちに次第に身につき、今では平均的な日本人より、遥かに英語力には自信がある。あの辛かった時代も、振り返れば良い想い出だ。

「もしも私で役に立つなら、何でも聞いてね。これでも少しは教えられるわ」

「ありがとうございます。そう、先生はロイヤルにいらしたんですよね！」

見上げてくるまなざしには、尊敬の念が感じられた。

「れみちゃんも、いずれ留学するかもしれないから、英語をやっとけば必ずプラスになるわよ」

「えっ？　留学？　……バレエの？」

一瞬、れみの表情が止まった。

「そうよ。貴女が望むなら、世界の一流バレエスクールに入れるように、力を貸すわ。そのためにも、コンクールに出るのも必要ね」

こうした話は、発表会が終わっておちついてから、と考えていたが、良い機会かもしれない。彼女は喜び張りきるだろう、と密かにこちらの胸も躍る。

しかし、しばし黙したれみの面には、戸惑いが見られた。

「私、バレエの留学はしないと思う」

「えっ？　どうして？」

驚きを抑え、問いかける。

「だって私、バレリーナになるつもりないから」

さらりと言う。

「えっ、そ、そう？　何故？」

瞬間、自分の顔が強張るのが感じられた。

「だって、バレリーナの世界って大変でしょ？　特別に才能のある人じゃなきゃ無理だし……」

大人びた口調で答える。

「ええ、確かにそうね。でも、れみちゃんには素質があると思う。そのつもりで一生懸命努力すれば、貴女ならなれるわ」

「本当？」と一瞬、面が明るく輝く。少女の純粋な喜びを感じさせる表情だった。

「そうよ。私は今まで大勢の生徒さんたちを見てきたけれど、貴女はとても優秀だわ」

しなやかな身体の柔軟性と、スリムな美しいプロポーション、天性の華やかさ。そしてリズム感や運動能力……。彼女はバレリーナに望まれる資質を備えた、数少ない生徒の一人だ。

「そうなら嬉しいけれど……」

しばし迷うようすの後、顔を上げた。

「でも私、将来英語関係の仕事をしたいんです。英語の先生とか、翻訳家や通訳とか。だってそのほうがバレリーナより……何て言ったらいいのかな？　安定してる気がするし」

由美は思わず黙して聞き入った。今、れみが挙げた仕事にも、もちろんそれぞれの難しさや苦労は多いだろう。決して甘い世界ではあるまい。でも、職業としてバレエ・ダンサーを選び、それで生計を立てようとするよりは、安定性、堅実性の意味では上と言える気がする。

「第一、バレエよりそういう英語の仕事のほうが、歳とってもずっと続けられるもの」

確かにそのとおりだ。自身も四十歳でほぼ現役から退き、こうして後進の育成の道を選んだ。プリマとしての舞台生活には年齢的限界がある。それを指摘されれば、反論の余地はない。

「もちろん、バレリーナは長い間の憧れだし、本当にすてきだと思う。でも、やっぱり私には大変過ぎる世界だから、もう諦めてます」

「わかったわ、貴女の気持ちは……。もちろん、趣味のお稽古としてでも、ずっと楽しんで続けてもらえれば凄く嬉しいから、そういう生徒さんたちも、全力で応援するわ」

心の中に芽生え始めていた希望が、生まれ落ちることなく消えていくのを感じつつ、由美は意識して明るく微笑んだ。自分の夢を、生徒に押し付けてはいけない……。

「だけど、妹のほうは、バレリーナになりたがってます」

「えっ？　くららちゃんが？」

「あの子は本当にバレエが好きで、踊ってるだけで幸せだって。でもなかなか巧くなれないし、主役を踊るようなプリマはとても無理だけど、脇役やコール・ド・バレエ（群舞）でもいいから、ずっとバレエの仕事したいな、なんて言って……」

もっと詳しく聞きたいと思った時、更衣室のドアが開き、当のくららが小走りに出て来た。

「お姉ちゃん、お待たせ」

ろう。

「遅いよ！　グズなんだから」

と口では言いながらも、大して怒ったようすはない。待たされるのは日常茶飯事なのだ

「先生、ありがとうございました。さようなら」

と、よく揃った二重唱の挨拶を残して二人が消えた後、由美は小さく吐息を漏らした。

それにしても、自分が少女だった頃には、かなりの生徒仲間たちが皆、単純な憧れのうちに疑いも抱かず、「バレリーナになりたい」と語り合ったものだ。今のれみのような大人顔負けの怜悧（れいり）で実際的な思考など、まずなかった。時代が変わったというか……。

――夢……。

そうつぶやき、噛みしめる。多くの子供たちは夢を抱き、目指してがんばり、やがて無謀さや困難に気づき、現実の壁に敗れ諦めてゆく。それが大人になるということなのだろう。

そんな幼い憧れを、最後まで棄てず叶えることができた自分は、やはり幸せだったと言えよう。犠牲にしたものも小さくはなかったけれど……。

由美は窓の下を遠ざかる姉妹の後ろ姿を目で追いながら、みずからが彼女たちくらいの

年齢だった遠い日に、ふと想いを馳せた。

ホールの関係者との打ち合わせ、衣装、装置等、すべての手配は抜かりなく終わった。生徒たちの踊りも順調に仕上がり、いよいよ発表会当日の日曜。

由美が会場である都内のホールに着いたのは、予定より早い時刻だった。開演は午後三時だが、リハーサルでほぼ本番と同じプログラムを通してやるため、九時集合にしてある。

やがて、アシスタントの渡部千尋たちをはじめ、矢吹姉妹など全員が遅刻せず集まったので、とりあえず安心だ。これまでの発表会でも、急病や怪我などで欠席する生徒が一人二人はいたため、皆の顔を見るまでは少々不安だったのだ。嬉しさと興奮に輝く笑顔、やや心配気に緊張を湛えて眉根を寄せた子……。皆無事に踊りきってくれれば良いが……。

身体慣らしの柔軟運動の後、衣装を着てのリハーサルを行う。稽古時のレオタードと違い、裾の広がった衣装だと動きにくいから、幾度か身に着けて踊り、慣れる必要がある。

華やかな衣装を着た生徒たちは、やはり皆嬉しそうだ。

早乙女沙夜ら金平糖の精のトリプルキャスト三人は、皆淡いピンク色で、短い袖のついたチュチュ。それぞれよく似合っている。舞台化粧をすれば、さらに映えるだろう。

「先生！」の声とともに花が咲いたような、鮮やかな色彩が目に飛び込む。くららだ。彼女はどうしても地味になってしまうので、思いきってバレエでは珍しい、かなり派手な濃いピンクを選んだ。形もいわゆるチュチュではなく、ミディー丈でパフスリーブ付きの、子供のお洒落（しゃれ）なワンピース風デザインだ。背中で大きく結ぶサテンのリボンがアクセントとなる。こういう服だと、普通のもの以上に踊りづらくなる惧（おそ）れがあるため、材質選びにも気を遣い、仮縫いの微調整も丁寧にやったが、大丈夫だろうか？

「こんなとってもすてきな衣装で、凄く嬉しい！」

くるりと回ってみせた。動きにつれて裾が波打ち、かわいらしい。

「いいな。くららの衣装、すてき」

そう言うれみは、白いネグリジェ風の姿だ。前半のクリスマスパーティーの場と違い、れみが演じるのは、真夜中にベッドから起き出してきたシーンなので、寝間着か部屋着にせざるを得ない。が、清楚でシンプルな純白の装いは、彼女をよりすっきりと大人びて見せる。

やがてリハーサルが始まった。由美自身も踊りながら、生徒たち皆に目を配る。今日のくららはとりわけすばらしい。衣装を着けたために気持ちが役に入りこみやすいのか、活き活きと躍動し、今までで一番良い出来だ。彼女にこの役を与えて本当に良かった。

リハーサルは滞りなく終了し、生徒たちは楽屋に消えた。皆いったん衣装を脱いで楽屋着を羽織り、軽く昼食を摂ったり、諸々の準備をした後、年少者は母親にメイクしてもらう。

普段全く化粧の経験のない子供たちにとって、これも大騒動だ。舞台用の濃いアイシャドウや付け睫毛(まつげ)等に、鏡を見て驚き目を見張ったり、互いの見慣れぬ顔を笑い合ったりする。睫毛が重く、貼り付けた瞼(まぶた)が痒(かゆ)いと言って、鬱陶しそうな子も目につく。

「皆、メイク終わったら、なるべく顔に触っちゃだめよ。できるだけ我慢してね」

と注意し、由美も鏡に向かう。一年振りの舞台化粧で、しかも特殊な役なので、念入りに出来を確かめる。

いよいよ開演時間も近づいてきた。再び皆が着替え始めた頃、

「くらら、くらら、おちついて!」

ふと、れみの声が耳に飛びこんだ。

近づいてみると、くららが顔を覆い、発作を起こしたように泣きながら、身体を震わせ

ている。

「私、怖い！　踊れない！」

とくり返す彼女の瞳から、涙が溢れる。ついさっきのリハーサルでは、れみに負けずあれほど楽しそうに溌剌と輝いていたのに、とても同じ子とは信じられぬほどの変わりようだ。

「どうしたの？」

「あ、先生……。くららが……」と、当惑顔のれみが、ほっとしたまなざしで見上げる。

舞台に立つ時あがったり、緊張や怖れを感じる者は数多い。それは素人の初心者のみならず、ベテランの一流プロにも珍しくない現象だ。本人の性格にもより程度の差こそあれ、誰もが経験し、それに耐えてライトを浴びるのだ。

とは言えくららの場合、昨年の発表会まではこんなことはなかった。やはり今回初めてヒロインの彼女は、本番の時刻が迫り、俄に怖さがこみあげてきたのだろう。

「くららちゃん。聞こえる？　おちつくのよ」

静かに呼びかける。

「先生、だめ！　私、踊れない！」

「怖いんでしょ？　当然よ。私だって怖いもの」

「えっ？　先生も？」

驚いたようすでこちらを見る。

「ええ。舞台に立つ時はいつもね。特に、初めて『白鳥の湖』の主役をもらえた時なんて、もう怖くて怖くて、死にそうだった。逃げ出したいと思ったほど」

「本当に？　でも、無事踊れたの？」

尋ねるくららはすでに、パニック状態から抜け出していると見える。

「ええ。怖かったのは舞台に立つまでだけ。踊り始めたらもう夢中だった。他のことは何も考えず、ただできるだけを出しきればいい、と気づいたの。そうしたら急に楽になって、自分はオデットだって、舞台の上でオデットでいられるのは、何て幸せなんだろうって……」

「幸せ？」

「そうよ。貴女もね。普段のくららちゃんではない、物語の中のクララになるの。こんなチャンスはめったにないから、楽しんじゃって。大丈夫、なりきれる。だって貴女の名前は、くららだもの」

くららは、ふっと笑った。そして「私は『クララ』」と、呪文のようにつぶやく。

「その調子よ。貴女はさっきのリハーサルで、今までで一番見事に踊れてた。だから本番では、きっともっと巧くできるわよ。お姉さんが舞台の袖で見てくれてるし、私が貴女のすぐ側にいるわ。何かあったら必ず助けるから、安心して」

パーティーの場面では、自分が演じるドロッセルマイヤーも終始舞台の上なので、もしもの時は全力でサポートしよう。

――大丈夫。僕がいつでもついている。すぐ側で支えているから。

遠い囁き（ささや）がよみがえる。あの日の本番前、恐怖に震える自分に、王子役の黒川真治がそう言ってくれた。その言葉で魔法にかけられ、すべてを彼に委ね、安心して踊れたのだ……。

「くらら、ふたりでがんばろう！　ママたちも応援してるよ」

優しく肩を抱いた姉に、くららは微笑んだ。母から聞いた伯母との話が胸をよぎる。姉妹は難しい。闘争心むき出しのライバルにもなるが、力強い味方にもなり得るのだ。れみならきっと……。

「先生、お姉ちゃん、ありがとう。私、がんばるね」

「そうよ。あら、メイクが落ちちゃったわね。こっちを向いて」

　くららの顔を直しながら、彼女がこれで一つ乗り越えてくれることを祈った。

　やがてステージの上、楽しく賑やかな、クリスマスの集いが始まった。

　案じつつ舞台の上で見守ると、先ほどの取り乱しかたが嘘のように、くららは堂々と立派に踊っている。その姿はリハーサルの時よりも、さらに一段と輝き眩(まばゆ)かった。

　ふと、れみの言葉がよみがえる。妹はバレリーナになりたがっている、華やかなプリマでなくともいいから、ずっと踊り続けたいと……。

　バレエの舞台は、主役一人で成り立つものではない。小さな役や群舞を、黙々と誠実にこなしてくれる人たち、彼らのバレエへの愛と情熱によって、支えられるのだ。

　くららは将来、そんな道を歩むのだろうか？　今回のようにヒロインを演じられるチャンスは、或いはもう二度とないかもしれない。でも今日だけは、彼女の見果てぬ夢を叶えてあげたい。ドロッセルマイヤーが、クリスマスの一夜、クララのために奇蹟を起こしたように……。

　——そう、私はドロッセルマイヤー。

　心に念じつつ、祈りをこめて由美は、くららに向かって魔法の杖を振った。

第四話

死と乙女

「二人とも、凄くいいわよ」

一幕冒頭のパ・ド・ドゥのシーンを指導し、白浜由美は満足のうちに微笑み、踊る早乙女沙夜と吉崎誠の二人に呼びかけた。

「今日はここまでにしておきましょう。明日また続きを」

「ありがとうございます！」

玉の汗が浮かび、ほんのり上気した沙夜は、いつになく美しい。色白でほっそりと儚い容姿は、まさに可憐なヒロインぴったりだ。

由美がこの「スワン・バレエスクール」を開校して以来、六年になる。世界に冠たる英国ロイヤル・バレエ団で、プリンシパルとして活躍してきた彼女だが、四十歳を節目に現役を引退。自身のバレエ学校を主宰し、後進の育成に当たる道を選んだ。そして多くの生徒たちに出会った。幸いスクールは順調で、お弟子は年々増え続けており、発表会もこれまで年一回のペースで開き、すべて成功させている。

数箇月前、今年の会は『ジゼル』をやろうと決めた際、ヒロインのジゼル役には迷いなく沙夜が浮かんだ。現在最もテクニックに優れた生徒だし、何より役柄に合っている。アダン作曲のフランス古典バレエ『ジゼル』は、ロシアの『白鳥の湖』や『眠りの森の美女』などと並ぶ名作で、人気が高く上演回数も多い。

一幕の舞台はドイツの農村、ジゼルは身体は弱いが踊りが大好きな村娘。愛らしい彼女に森番のヒラリオンは夢中だ。だが当のジゼルは、最近村にやって来た若者ロイスに恋していた。その日も彼と楽しい一時（ひととき）を過ごすが、そんな二人をヒラリオンは苦々しく見つめ、謎の多いよそ者ロイスの正体を訝（いぶか）しんでいた。一方ジゼルの母も心臓を患う娘を案じ、この地方に伝わるウィリの伝説を語って聞かせ、あまり踊らないように、と諭す。結婚前に死んだ踊り好きの乙女たちは、死霊ウィリとなって、夜な夜な森の湖畔で踊り狂い、通る者を死に導く、というのだ。

収穫祭で賑わう村に、城主一行が狩りの最中、休息に立ち寄る。大公とその娘バチルド姫らを一心にもてなすジゼルたち。目下婚約中という姫は、ジゼルと互いに、恋人がいる幸せを語り合う。

貴族たちが去った後戻ってきたロイスに、ヒラリオンがいきなり詰め寄る。彼は、ロイスが実は身分を隠した公爵アルブレヒトであることを突き止め、それをジゼルに告げる。しかもバチルド姫の婚約者とは、他ならぬロイス（アルブレヒト公）その人だったのだ。衝撃に耐えきれずジゼルは正気を失い、発作の末倒れ息絶えてしまう。

二幕は真夜中の森。死霊の女王ミルタに導かれウィリたちが集まり、墓から蘇らされたジゼルも、新たに加わる。

やがて、自責の念に駆られたアルブレヒトが登場。そこへジゼルの霊が現れ、彼に寄り添う。眼に見えずとも、確かに彼女の存在に気づく彼。

一方、やはり墓参りに来てウィリらに捕まったヒラリオンは、命乞いも虚しく、踊らされた挙句、湖で溺れさせられてしまう。

間もなく次の獲物としてアルブレヒトが捕らえられる。そして女王ミルタは冷酷に、男を踊り狂わせ殺すよう、ジゼルに命じる。女王の命令には逆らえない。アルブレヒトを死の舞踏に誘うジゼル。息絶え絶えになりながら、狂おしく踊り続ける彼。

その命が尽きようとした瞬間、夜明けの陽が昇り、ウィリたちは冥界に戻らねばならない。

最後にジゼルも、今なお愛する男を気遣いつつ、静かに墓へと消えてゆく。

独り取り残されたアルブレヒトは、墓前に泣き伏すのだった。

『ジゼル』は数あるバレエの中でも、演劇としても完成度の高い作品と言えよう。

特にジゼル役は、一幕の純情な恋する乙女、そして狂乱の果ての死、一方、二幕は透明感のある恐ろしくも美しい死霊、と振り幅が大きい役だ。本来踊り手はその変化を演じ分けるのがポイントとなる。だが、今回のような少女たち中心の発表会においては、一人に全幕を通してやらせるわけにはいかない、と由美は判断した。素人の生徒には荷が重すぎる大役だし、少しでも全員に平等に見せ場を与えたいからだ。それでジゼル、アルブレヒト、ヒラリオンの三役は、一幕と二幕を別の生徒に踊らせる、「二人一役」形式にすることに決めた。前回の『くるみ割り人形』も、この方法をとって成功したので、今回もそうしたやりかたでキャストを決めてゆく。

一幕の村娘を『くるみ割り人形』で金平糖の精を演じた早乙女沙夜、二幕のウィリになってからは、沙夜と同程度の実力とキャリアのある水谷伶華（みずたにれいか）に当てた。華奢な外見に似ず、劇的な表現に勝れる沙夜、対する伶華は体重を感じさせない軽やかなステップが身上、とそれぞれの長所に鑑みての配役だが、それだけではない。

「私、中学の時には演劇部にいました。お芝居をやりたくて……。だから、バレエでもドラマチックな役が好きだし、劇としての役作りを、いつもあれこれ考えてます」

ある時沙夜がそう言ったのが、頭にあったからだ。彼女が一幕担当と知らせた時には、涙を流さんばかりに喜んだ。

「嬉しい！　前から夢だったんです。特に一幕の狂乱シーン……。だってバレエで、狂って死んでしまう役なんて、他にあまりないでしょ？　演じてみたいなって！　ありがとうございます」

感激とお礼の言葉をくり返す沙夜に、由美も喜びと期待が高まるのを感じた。

主要三人の他、一幕ではジゼルの友だちのパ・ド・トロワ（三人の踊り。主に女子二名、男子一名によって踊られる）が大きな場面となる。これは前回の『くるみ割り人形』で、ヒロインのクララ役を立派に務めてくれた矢吹れみ、くらら姉妹らに当てよう。あの大役の経験を経て一段と逞しく成長した二人の姿を想い浮かべた。

バチルド姫は物語上は大切なものの、本来トウシューズを履かぬ、全くのマイム役（踊らない演技だけの役）だ。でも、ここでは演じる生徒のため、バレエの振付けを入れよう。

そして由美自身は、ジゼルの母親ベルタに決めた。これもやはりマイム役なれど、多少踊りを入れることは可能だ。

二幕では、女王ミルタが準主役だ。

こうしてキャスティングが整い、練習開始早々、由美は主な役のメンバーたちを集めた。

「皆、そこに座って」

何だろう、と訝しげなようすながら、車座になってこちらに顔を向ける。

「『ジゼル』の登場人物たちは皆、単なるお伽話（とぎばなし）の王子様、お姫様と違って、それぞれのキャラクターが複雑な面を持ってるわ。だから自分の演じる役柄をどう捉えているか、その解釈を聴かせてほしいの。あ、もちろん他の人の役でも、私はこう思うって、何でも発言してみて」

最初は戸惑う感じで、互いに顔を見合わせていた生徒たちだが、「あ、あの……」と、沙夜が手を挙げた。

「私、ジゼルの恋について考えると、アルブレヒトは、それまでの彼女の世界になかった、本当に美しい存在なんだと思います。あ、イケメンとか、そういう意味じゃなくて

「……」

沙夜はちらりと、一幕のアルブレヒト役の吉崎誠に目をやった。

「何だよ、どうしてそこでこっちを見るの？」

誠の言葉にどっと笑いが起こり、全体の緊張がほぐれたようだ。

「それで……」と笑いを収めて、沙夜が続ける。

「物腰とかすべてに、貴公子らしい洗練された、眩しいほどの輝きがあって、とにかく今まで全く見たこともないタイプの、完璧な理想像というのかな」

「あーあ、かなりハードル上がっちゃったな」

とまた誠が混ぜっ返す。

「だからその彼が、身分を偽って自分を騙していた、と気づいた時の衝撃はもう、もの凄かったと思う。彼女は狂ったんじゃない、むしろあれは、意志を持った自殺なんじゃないかと」

一瞬、全員がハッと沙夜を見つめた。

「自殺？」

問い返した由美に、沙夜ははっきりとうなずいた。

「はい。アルブレヒトの剣で胸をついて……。もちろん、錯乱のあまり衝動的にそういう行動に出たわけだけど、単に気が狂ったというのとは、ちょっと違うような……」

ヒラリオンは、ロイス（アルブレヒト公）の正体を暴く証拠の品として、公爵家の紋章入りの剣を見せつける。ロイスが小屋に隠し持っていたのを、盗み出してきたのだ。

通常の演出では、ジゼルはその剣を狂乱のうちに弄ぶが、それは間もなく取り上げられ、彼女はやがて倒れ死んでしまう、という形だが……。

「そうね。剣を胸に刺す、という演出も、これまで全くなかったわけではないけど……。沙夜さんはそうしたいのね」

「あ、実際に胸を刺さなくてもいいんです。たとえ剣を取り上げられ未遂に終わって、形としてはショック死でも、ジゼルの気持ちは自殺なんだって。彼女にとって、これしか『生きる』道がなかった、というのかな？　私だって、もしも愛する人に裏切られたら、きっと死にたくなるもの」

さすがにその言葉には、誰も何も口を挟まず、黙って受け止めた。沙夜には高校時代の同級生だった恋人がいて、彼と結婚を前提に付き合っていることは、スクールの親しい仲間たちは皆知るところだから。

「わかるわ、私も」とうなずいたのは、やはり同じジゼル役の水谷伶華だ。

「そう考えると、二幕のウィリのシーンの解釈も、変わってくるわね。『ミルタに命じられて愛するアルブレヒトを死に誘う時でも、必死に何とか助けようとする』、っていうのが一般的らしいけど、私はそれだけじゃないと思う。恨み憎しみもどこかに残ってるはずだし、彼にも死んで自分と一緒に黄泉(よみ)の世界に来てほしい、という気持ちもあるはず」

「そう、そうよね。愛憎半ばするっていうのかな？　だけどやっぱり彼を愛してる。だから最後には、弱ってゆく彼を目の前にして、何とか持ち堪えて生き延びてほしい、と願うのね」

と沙夜。ジゼル役の二人は、互いの言葉に、さらに役へのイメージを膨らませつつあるようだ。

「最後に消えてゆく時、ジゼルの心は喜びと悲しみと、両方じゃないかしら？　彼は助かってくれた。だけどそれは死の世界には来てくれないということで、もう二度と会えない、これが本当の別れだって……」

「二人とも、ジゼルはあの後、どうなったと思う？」

沙夜と伶華の顔を交互に見て問いかける。

「私は、彼への恨みが消えて昇天、日本的に言えば、成仏できたんじゃないかな、と……」

「うん、少なくとも、もうウィリとして森に現れたりはしない、と私も思うわ。言い換えれば、永遠の眠りに就く、というのか……」

「寂しいよね、あのラストシーン」

そうぽつりとつぶやいたのは、もう一人のアルブレヒト役、仁科聖治だ。彼はいかにも貴公子役にふさわしい、品の良い顔立ちの青年だ。

「じゃあ次に、アルブレヒトはどう？　まず吉崎君と仁科君」

と、この役を演じる二人を指名する。

「うーん、彼のジゼルへの想いは、浮気心の遊びだったのか、それとも、身分を超えて本当に真剣に彼女に恋してしまったのか、昔から大きく二種類の解釈があるみたいだけど……」

と、聖治が考えるように言うと、誠も大きくうなずく。

「僕は両方だと思う。初めはちょっと遊ぶつもりで村にやって来た。そして出会ったジゼルに、貴族たちの世界にない、純朴な田舎娘らしい魅力を感じて、好きになったんだろうね」

「ああ。つまりジゼルの逆バージョンというかな。だけど自分には立派な婚約者がいる。政略結婚だろうけど、破談にして姫よりも村娘を選ぶなんて、当然考えられるわけがない」

「そうそう、姫とは予定どおり結婚するとは言え、かわいいジゼルとも別れたくない。できればいつまでも、このままの状態を続けたい、と」

「まあ、ずうずうしい！　虫が良すぎるわね！」

と伶華が怒りの声をあげ、男たちは自分が責められたように頭を掻き、また笑いが弾けた。

「とにかく、騙そうとか弄ぶとかそんなんじゃないが、身分や地位、すべてを棄ててもジゼルを妻にしたい、とまでは思えない。プレイボーイというより、ちょっと思慮の浅い無責任な、だけど純粋な、お坊ちゃまなんだろうね」

「それが、彼女に死なれて初めて、大変なことをしでかしたと気づく。自身の行為の罪深さや、改めてジゼルを心底愛していたのを思い知り、取り返しのつかない過ちを犯してしまったと……。つまり、僕が演じる二幕では、アルブレヒトは一幕とはかなり違ったキャラクターになっていると思う」

　聖治の言葉に、皆大きくうなずいた。その後もしばらくアルブレヒト論は続き、概ねこの役に対する彼らの解釈は一致してきた。今回のように一つの役をリレー式に演じる場合、望ましい状態と言える。

「ヒラリオンは？」

　今度は次の二人に顔を向ける。

　それぞれの役についてさらに討論は白熱して続き、話すうちに互いの理解も、より深まったようだ。予定よりかなり時間オーバーしたけれど、若い生徒たちの真剣な姿勢に由美は、こうしたディスカッションの一時（ひととき）は無駄ではなかったと感じた。


　翌日からのレッスンにも、はっきり成果は表れた。皆の熱意がまるで違うし、演劇的表現等に確かな進歩があった。

　そんなある日、レッスン終了後、沙夜が由美を呼び止めた。おずおずと切り出す。

「あの、今度発表会の日にでも、私の彼氏を紹介していいですか？　一度会っていただきたいので……」

「まあ、もちろんだけど？」

思わず笑顔になりながら先を促す。沙夜が付き合っている綾野弘樹は、以前からかなりバレエが好きで、よく舞台を観に行くし、ＤＶＤなど映像のコレクションも多いという。

「もともと付き合うきっかけになったのも、私がバレエ習っていて、話が合ったからなんです。デートも劇場に行ったり……」

なんと、彼は白浜由美のファンだそうだ。

「それで、一度会ってみたい、サインもらったりできないか、なんて言い出し……。でも、前回の『くるみ割り人形』の時に紹介しようと思ったのに、『発表会の当日の忙しい時に、悪いよ』って」

「あら、そんな遠慮なんていらないわよ。ぜひつれていらっしゃいよ。紹介してね」

と答えながら、ふと思いついて続ける。

「ねえ、もし良かったら、その前に会えないかしら？　確かに本番の日は何かと忙しいから、一人のお客様だけと長く会ってる時間はないでしょ？　そういう方なら、ゆっくりお話ししたいし……」

正直、自分のファンだと言われて、少々気を良くしたのも事実だが、それ以上に、沙夜の彼氏がどんな人物か、気になる想いが強かった。

「えっ、本当ですか！」

沙夜の声が跳ね上がる。

「もちろんよ。相手の方、ええと綾野さんさえかまわなければ、お食事でもどう？」

「うわあっ、彼、大喜びするわ！」

と叫んで満面に笑みを浮かべたようすは、恋する乙女そのものだ。自分にも、かつてあんな時があった……。パートナーだった黒川真治だけをひたすら見つめ、より高みを目指そうと、二人で手を携え懸命に努力した頃が……。遠い日を想い、微かに胸が痛んだ。

それから数日後の夕べ。

「あの、初めまして。綾野弘樹です」

約束のイタリアン・レストランにやって来た青年は、緊張の面持ちだった。まだ大学生のはずだが、背広の着こなしも颯爽（さっそう）とした、スマートな美男だ。

隣に立ち、やはり幾分硬くなっている沙夜は、白いワンピース姿。日頃以上にフェミニンでエレガントな雰囲気だ。

「お好きなものを遠慮せず召し上がれ」

促すと、沙夜と弘樹はメニューを覗き込む。互いに近寄り、頬が触れ合いそうだ。

「これとこれ、いいよね。あ、これも、半分分けにしようね」

やがて運ばれてきたパスタやオードブルなどを、仲良くシェアする彼らは、本当に楽しそうだ。

バレエを志す者にとって肥満は大敵。常にスリムな体型を維持するために、ダイエットに努める場合も多いが、逆に栄養不足では長時間の厳しいレッスンや、激しい舞台に耐えられない。猛烈な運動量に見合った適正な食生活が必要だ。華奢（きゃしゃ）な身体の割に、ボリュームのあるイタリアンをおいしそうに口に運ぶ沙夜を、由美は微笑ましく見つめた。

「綾野さんは、バレエ、お好きだそうね」

「はい。習っていた姉の影響で、子供の頃からずっと観てました。でも、クラスの中で、バレエが好きだなんて男の子はほとんどいなくて、言うとバカにされたり……」

まずいことを言ったと感じたのか、一瞬口を噤（つぐ）み、バツの悪そうな表情になる。

「そうでしょうねえ」

残念だが、それが今の日本の現状だろう。

「だから高校で、バレエをやっているサヤと」

名前で呼び捨てにする感じもごく自然で、慣れたようすだ。

「出会ってすっかり意気投合して……」

付き合うようになった、ということらしい。沙夜も頬を染めてうなずく。

メインのローストポークに舌鼓を打ちながら、楽しい会話は続いた。

高校卒業後、弘樹は銀行マンを目指しK大学経済学部に進学。一方、沙夜はバレエが学べるN女子体育大学の舞踊科へ、と別々の道を歩み始めても、二人の絆はより堅固なものとなったそうだ。

沙夜はN大学でのレッスンと並行して、「スワン……」に学びに来ている状態で、二人とも多忙な毎日だが、互いの休みの日はデートに当てている、という。

「私たち、卒業したら結婚しよう、って約束してるんです」

「そうなの」

笑顔でうなずきながらも、由美はふと心がざわめくのを抑えられなかった。そのことはすでに噂などで聞き知っているとは言え、改めて二人揃った場で、本人の口から言われるのとは、現実感が違う。かつて一番期待していた弟子の清水ひかりに、結婚を理由に退校された経験から、有望な生徒のこういう話には、どうしても神経質になってしまう。

「結婚した後も、ずっとバレエを続けていいよって、彼は言ってくれてます」

ねえ、と彼を見つめる沙夜の頬と瞳以上に、由美は自身の心がパッと輝くのを感じた。

「本当?」

思わず綾野へと目を移す。

「はい、僕はサヤには凄い才能があると思います。家庭に入ってバレエを辞めてしまうなんて、凄くもったいない。サヤにはプリマとして活躍してほしいです。あ、先生にこんなこと言うのは釈迦に説法ですね。すみません」

「いいえ、そのとおりよ。さすが綾野さんは、バレエをわかっていらっしゃるわ」

恋人の欲目でなく、沙夜の天賦の才を見抜いたらしいのだから、大したものだ。

「沙夜さんには、私もプリマを目指してほしいと考えてるの。もちろん、プロの道は厳しいし、簡単になれるものではないけれど……」

「白浜先生のお言葉だけに、重みがあります」

弘樹がうなずく。

「本当にプロの世界は大変よ。だけど、だからこそバレエで生きていくからには、家族や周囲の人たちの協力や励まし、支えが必要不可欠なのよ」

由美は言葉を切り、ふっと息をついた後、続けた。

「沙夜さんが、そういう理解のある旦那様を得られれば、とても幸せなことだと思うわ。綾野さん、これからも、この娘をよろしくお願いするわね」

言いながら、娘を嫁がせる母親のような気持ちになってきた。由美が初めて自身のスクールを立ち上げた新規募集で、沙夜が第一期生として入学してきた時、彼女はまだ中学生。おっとりした素直さの中に、芯の強さを感じさせる子だった。あれから六年。少女はバレエの上達とともに、容姿にも物腰にも若い女性の輝きを身に纏い、眩いほどだ。

「白浜先生にそう言っていただけるとは嬉しいです。ご信頼に応えてみせます」

綾野は真っ直ぐこちらを見つめ、そして沙夜に目をやった。そのまなざしは優しさに満ちていた。

バレエ愛好家の彼は、作品についてや、由美のロイヤル・バレエ在籍時代の体験談など、いろいろ尋ねてきて、話は弾んだ。

デザートのティラミスなども極上の味で、三人は満足のうちに店を出た。

「今日は本当に、ありがとうございました。ご馳走さまでした」

「こちらこそ、楽しかったわ」

世代の違う若者たちとの、こういう一時(ひととき)も良いものだ。

沙夜を家まで送って行く、と綾野が言うのでその場で別れ、独り電車に乗る。

彼なら大丈夫だろう。「かわいい我が娘(こ)」を託せる相手と信じられた。

吊革につかまりながらふと、かつての教え子、清水ひかりが想い出された。愛する男性(ひと)の妻になる、と専業主婦の道へと去っていった。

――私、不器用なんで、自信がありません。必ずどちらかが疎かになりそうだし、そんないい加減な気持ちで舞台に立つことは、許されないと思います。

結婚後もバレエを続けるように勧めたけれど、ひかりはそう言い首を振った。数年経った今なお、あの日の彼女の言葉は、胸に焼き付いている。

――そして私は……。

恋かバレエか、その苦しい選択を迫られた時、自分は黒川真治との別れを選んだ。生涯ただ一人、愛した男だった……。

沙夜にはひかりとも自分とも違う、新たな道を歩んでほしい。それぞれが諦めねばならなかったどちらをも、手にしてほしい。仲睦まじく寄り添った二人の幸せを、心から祈った。

すべては順調だった。だが、発表会までほぼ一箇月に迫った秋のその昼、電話が鳴った。

「先生……」

「あ、沙夜さん？」

「すみません、あの、今日レッスン、お休みさせてください」

と告げる声は、ひどく暗かった。

「それはいいけど、大丈夫？　お風邪とか？」

「私、発表会も、出られないかも……。ごめんなさい」

さらに暗く低い、消え入るような声が続いた。

「えっ？　どうしたの？　もしもし？　もしもし！　沙夜さん！」

叫ぶ由美を残し電話は切れてしまった。すぐかけ直したが、虚しく呼び出し音が鳴るばかりだ。しばらく置いて数回リダイヤルしてみたものの、結果は同じだった。

どうしたのだろう？　何があったのか？　何とも心配で、それは不吉な胸騒ぎに近いものだった。

よほどすぐ、彼女の家を訪ねてみようかとも思ったけれど、今日はこれから夜までクラスの予定が詰まっており、そうもいかない。気にかかりつつも由美は教室に臨んだ。

レッスンの合間にも電話やメールをしてみたが、依然応答はないままだった。

帰宅後もどうにも気になり、夜分だが思いきって訪ねてみようかと考えた矢先、電話が鳴った。

「もしもし！」

勢い込んで出たものの、

「あの、白浜先生でいらっしゃいますか？」

と尋ねてきたのは、沙夜とは違う女性の声だった。

「私、早乙女沙夜の母でございます」

沙夜によく似た面ざしが浮かんだ。生徒の母親たちとは、発表会の際など準備の手を借りたり、何かと世話になり、顔を合わせる機会も多く、特に幼少クラスほどそうした傾向は強い。さすがに沙夜くらいの年齢になると、手伝い等を頼むことも減るが、それでも彼女、早乙女繁子(しげこ)は毎回熱心に観に来てくれて、礼儀正しく人当たりの良い物腰に、由美は好感を持っていた。

その繁子からのこんなタイミングでの電話に、全身に緊張が走る。

「あの、沙夜さんは？」

「今、病院にいます」

「ええっ！　どうなさったのですか？」

相手はしばしためらうように黙した。

「実は……睡眠薬を飲んで……」

睡眠薬？……　自殺！　思わず叫び声をあげてしまった。

「幸い、発見が早かったのと、薬の量が少なかったため、生命（いのち）に別状はないと……。今は処置を終えて、眠っています」

繁子の声は嗚咽（おえつ）を堪えるようだった。

「病院はどちらで？　あの、これから私も伺ってもいいですか？」

繁子は都内の大学病院の名を告げてくれた後で、さらに続けた。

「あ、でも、もう夜ですし、明日か明後日の日中にでも、ご都合のよろしい時に、改めておいでいただくほうが、本人もおちついて面会できると思いますので」

そう言われればもっともだ。それを押して無理に訪ねても、非常時の彼らにむしろ迷惑だろう。自分は沙夜たち家族にとって、一バレエ講師に過ぎないのだから。

「今お電話したのは、実は娘の日記帳の最後に、『白浜先生、せっかくジゼル役に選んでいただきながら、発表会に出られないですみません』、と書いてあったため、先生への遺書のつもりかと……」

遺書。その言葉が重く胸にのしかかる。

「それに今日、何度もお電話をいただいたのがわかったので、気にしておられるだろうと……。でもお耳に入れて、かえってご心配をかけることに……」

「いいえ、お話しくださって良かったです。ご事情はわかりました。それでは、日を改めて伺わせていただきます」

ひたすら詫びをくり返す繁子に、

「できる限り、沙夜さんに付き添ってあげてくださいね。でも、お母様も大変ご心痛でお疲れでしょうから、ご自身もお身体に気をつけて」

といたわることしか、今はできない。

電話が終わり、由美は改めて烈しい衝撃と不安に襲われた。心臓がドクドク脈打ち、こめかみが痛む。

気をおちつけようと、大きく呼吸をくり返した。

それにしても、あの沙夜が何故？　つい一昨日のレッスンでも活き活きと、充実した好調な仕上がりぶりを見せ、自殺を予兆させるようなことなど全くなかった。

自殺……。自殺？

――むしろあれは、意志を持った自殺なんじゃないかと。

ジゼルの役柄解釈についてディスカッションを行った際、沙夜が口にした言葉が、脳裏によみがえった。彼女はこう続けた。

――私だって、もしも愛する人に裏切られたら、きっと死にたくなるもの。

「まさか！」

思わず声に出して叫ぶ。綾野弘樹が？　あの時会った印象では、さわやかな好青年に思われたし、何よりも、沙夜と互いに愛し合っている強い絆を感じた。そんな二人に何かあったのだろうか？　彼女が死ぬほど思いつめる出来事が……。

真剣にジゼルを踊るキラキラ輝くまなざし、彼との食事の席で見せた、とろけるような幸福に酔う乙女の微笑み……。幸せそうな沙夜の顔ばかりが浮かび、耳にした現実が信じ難い。何かの間違いではないか？　悪い夢でも見ているのでは？　すべて嘘であってほしい。

あまり眠れぬままに、カーテン越しに射しこむ朝の陽に、由美は重い瞼を開けた。時計を見つつ、今日が何曜日なのか、ぼんやり頭を巡らせる。幸いレッスンの入っていない曜日だと気づいて、ほっとした。

と同時に、沙夜のことが再び重くのしかかる。気もそぞろなうち、無為に時間が過ぎて行く。食欲も出ぬまま、味気ない昼食を終えた頃だった。

電話が鳴った。

「もしもし、あの……」

「あ、沙夜さんのお母様ですね！　あれからいかがですか？」

今日は声だけでわかった。

「はい、おかげさまで娘もおちついて、話もできました」

「まあ！　それは良かったですね」

心からの安堵に、全身の力が抜ける思いだ。

「あの後駆けつけた主人と、ずっと付き添っていたんですけれど、沙夜が逆に、一晩中眠っていない私たちを心配して、少し休むようにと言うので、今しがた家に帰ってきたところです。昨夜は私も動転して、夜分にとんでもないお騒がせをしてしまって……。また発表会の件でも、ご迷惑をおかけすることになりそうで、本当にあいすみません。いずれおちついたら、娘ともどもお詫びに伺うつもりですが、とりあえずはご安心くださいませ」

そういう繁子の声も、平静なようすだ。

「わかりました。それでは、今日はお見舞いに伺ってもさしつかえないでしょうか？」

「ええ、あの、もしもよろしければぜひ、行ってやってくださいませ。私たちが帰ってしまい、本人も急に寂しくなってるといけませんから。まあ、病院の看護師さんたちに、頼んでは来ましたけど」

確かにそうした精神状態が不安定な時は、患者に重圧を与えぬ範囲で、誰かが付き添い続けるほうが望ましいだろう。自分も及ばずながら、何か手助けできればいいのだが。

「それにしても、どうしてこんなことに？」

「……あの、それは……」

由美の問いに、繁子はしばしの間の後、続けた。

「やはり、本人からお聞きくださいませ。一応話を聞きましたが、私の口から申し上げるより……。沙夜も先生相手なら、かえって私たちに言いにくい気持ちも、うちあけやすいかもしれません」

そんなふうに信頼してもらえるなら嬉しいけれど……。

「わかりました。それでは、これから行きます」

「何と申し上げて良いやら……。あの、娘をよろしくお願いします」

最後の言葉に母としての祈りを感じ、しっかり受け止めようと、由美は誓った。

電話を切るなり支度も早々、家を出た。

教えられた病室をノックすると、こちらに振り向いた顔に、由美はハッと息を呑んだ。目元は落ち窪み、あまりにも蒼白なやつれた面。人間、わずか数日でこうも変わってしまうのか？

「先生……。すみません」

声も消え入るように細く弱々しい。だが、表情は穏やかだ。どうやら彼女は、死への誘惑を乗り越えてくれたらしい、と直感した。

ゆっくりと側に近づく。二人部屋らしいが今は同室者の姿はなく、勧められるまま、ベッドの傍らのパイプ椅子に腰を下ろす。

「驚いたわ。でも、貴女が無事で良かった。生きていてくれて、良かった」

一気に老けたと思われる半面、妙に幼く頼りなくも見える、そんな沙夜の化粧気のない顔を見ているうち、不意に悲しみと安堵がこみあげ、思わず涙が溢れた。

「ごめんなさい、先生、ごめんなさい」

言葉は失われた。二人は互いに手を握り合い、涙に咽び続けた。彼女の手は白く細く冷たかった。

「こんなにご心配とご迷惑をかけて、先生に悪くって……」

「私のことなんか気にしないで。それより、具合はいかが？　お身体はもう大丈夫？　辛かったでしょう？」

沙夜がどういう処置を受けたのかはわからぬが、睡眠薬自殺の場合、胃洗浄などかなり辛い、と聞いた覚えがある。

「もう大丈夫です」

そう言う沙夜の、肩に手をかけ抱く。

「良かったら、何があったのか話してくれる？　私に少しでも、力になれれば……」

「お気持ち、ありがとうございます」

こちらを見つめてそう言った沙夜は、もはや泣いてはいなかった。だが、静かに首を振った。

「でも、もうどうしようもないことです。だめなんです」

微かな微笑みは、あまりにも哀しげだった。

「綾野さんが、私と結婚できないって。別れようって……」

ああ、やはり、という想いが胸をよぎる。

「彼、二股かけてたんです。同じ大学に彼女がいて、その人と結婚するからって……」

沙夜の声は、肩とともに震えた。

「ええっ！」

全くそんな不実な男には見えなかったが。

「昨日、うちあけられました。私に隠して付き合っていたことを。そして……」

言葉を切った沙夜は、乾いた声で続けた。

「『彼女が妊娠したから、結婚する。僕のことは忘れてくれ』と」

「そんな……。酷い……」

「本当、酷い、酷いですよね。身勝手ですよね。あまりにおかしくて、笑っちゃうくらい」

沙夜は笑った。笑う彼女の瞳から再び、涙が溢れた。

「それで、貴女は？」

「だって、相手は彼の赤ちゃんを身籠ったんですよ。子供が生まれるんです。私に勝ち目なんてありません。もう諦めるしかないんです。あの後彼と別れて、どうやって家にたどり着いたのかも、覚えていません。母が私の顔を見て何か話しかけたようだけど、全然耳に入らなくて……」

由美もこれまで生きて来て、耐え難いほど辛い出来事も、幾度か経験した。だが、今回沙夜が受けた衝撃と苦悩の重さとは、比較にもならぬ程度だったと思うと、かける言葉を見出せなかった。

「人間って、おかしなものですね。何にも考えられない、何もできない状態だったのに、ふと、ああ、これからバレエのレッスンがある日だ。今日はとても行かれないから、キャンセルしなきゃあ、なんて、ちゃんとそんなことを思い出して」

昨日の昼、電話を受けた時がよみがえる。

「それで、ああ、発表会も無理かな、と。電話切ってからです、死のう、と思ったのは」

電話での沙夜のようすにただならぬ何かを感じたのだが、あの時一歩踏みこんで、助けることはできなかったか……。苦い悔いが胸を塞ぐが、今彼女が生きていてくれる事実が、せめてもの救いだ。

「ここ一年ほど、時々不眠の傾向があるため、お医者さんに言って、睡眠薬を出してもらっていたんです。と言っても、何か気になることがあったり、発表会の前の夜とかに、よく眠れないといけないから、そういう時だけ、ごくたまに飲むくらいですけど」

気づいたらその薬を手に持っていた。そして、かなりの量を飲んでいた、という。

「本当に、真剣に死のうと思ったのか、自分でもわかりません。発作的、というか……」

沙夜は遠くを見るように視線を泳がせた。

「とにかく、このまま生きてはいられないと……。でも、病院で目を覚ましたら、母が手を握ってくれていて……。その涙を見て、死ないで良かった、と思いました。母が私を発見して、救急車を呼んだそうです」

「そうよ。本当に助かって良かったわ。貴女の命は貴女一人だけのものじゃないの。お母様やお父様、他にも貴女が元気で生きていてくれることを望む、たくさんの人たちがいるのよ」

この自分もその一人だ。改めてそうした想いがこみあげてくる。

「綾野さんの仕打ちは今もショックで悲しいし、許せない気持ちも一杯です。そう、そんな簡単に、許したり割り切ったりなんて、とてもできない！　これから私は彼のことをどう受け止め、どう生きていけばいいのかもわからない」

沙夜の面に、静かな怒りが燃えていた。

「でも、だからと言ってもう、死にたいとは思いません」

真っ直ぐに顔を上げる。

「その言葉、信じていいのね」

沙夜は目を逸らさずに、おちついたまなざしを返しながら、「はい」と答えた。大丈夫だ。その瞳に由美は確信した。

「だけど先生、私、ジゼル、とても楽しみにしていたんです。今までやらせていただいた役の中でも特に惹かれたし、踊れば踊るほど、演技としてもおもしろくなって……」

彼女が嬉しそうに、活き活きと真剣にレッスンに励んでいたのは、つい数日前のことなのだ。

「なのにこんな状態になってしまって、残念です。誰が悪いわけでもない、私がやったことで、自業自得なのはわかってるけれど……。今さら、ジゼルを踊りたいなんて……」

傷ついた寂しげな目に、彼女の未だ燃え尽きていないバレエへの情熱を見た。

「踊りなさい。ジゼル」

「えっ？」

「だってまだ一箇月もあるのよ。こういう場合の身体の回復については、素人の私にはよくわからないけど、担当のお医者様のご意見も聞いてみて、大丈夫そうなら、ぜひ貴女に踊ってほしいわ」

「いいんですか？」

沙夜の瞳が見開かれた。

「もちろん！　私は沙夜さんのジゼルに期待しているし、カムバックを望んでるわ。だからぎりぎりまで代役を決めないで、貴女ということで」

公演を主催する責任者の立場としては、他の出演者たちのためにも、必要とあらば代役を立てるなど、不測の事態に備えるべきなのは承知しているが……。

「……ありがとうございます」

沙夜の声が震え、再び涙が溢れてきた。

「私にお礼を言うなら、お母様にね。死んじゃってたら本当に、二度とバレエは踊れないのよ」

「そうですね。私、また踊りたいです！　踊れるようになりたいです！」

「その意気よ。だけど、くれぐれも無理しないでね。まず身体を治すことを第一に考えて」

「はい。ゆっくり休んで、しっかり治します」

顔を上げたのは、以前のままの沙夜だった。彼女を信じる思いでうなずき、肩を抱いた。

だが帰り道、改めて不安が胸に拡がっていった。沙夜の身体は大丈夫なのか？　否、肉体のダメージより心の傷のほうが深いはずだ。それにたとえ体調は回復したとしても、ブランクのマイナスは免れまい。バレエは数日練習を休んだだけでも、その影響はもろに身体に現れる。そんな状態で無理をさせたくはないが、はたして発表会に間に合って、再び踊れるだろうか？　やはりここは、早急に代役も検討すべきでは？

——ジゼル、とても楽しみにしていたんです。

沙夜の涙を湛えた面と言葉がよみがえる。由美は心で神に祈った。

翌日のレッスン時に、『ジゼル』へ出演予定の生徒らに、しばらく沙夜が休むことになったと告げた。実際の事情が事情だけに、「体調を崩して休養している」とぼかしたが、ほとんどのメンバーは、心配しつつもそれで納得してくれたようだった。

けれどそんな中、沙夜とペアを組む吉崎誠だけは烈しく動揺したようすだ。

「体調って、大丈夫なんですか？　まさか、発表会に出られないなんてことには……」

一人残って問いかけてきた誠は、日頃のひょうきんなまでの軽いノリは影もなく、不安そうに眉をひそめる。由美は自分の口調や態度から、ただならぬ事態を悟られてしまったか、と反省しつつ、

「ええ、大丈夫よ。必ず出られるわ」

と努めて笑顔で、明るく答える。

「万一出られなくなったとしても、舞台に支障がないよう考えるから、吉崎君は心配しないで」

彼の面が、途端に曇った。

「それって、代役を立てるってことですか？　僕は嫌だな」

きっぱりとした口調で言う。

「だって、早乙女君の踊りは特別ですよ。彼女の表現力には、魂があるって言うか……」

自分の表現に照れたように言葉を切り、続けた。

「彼女のジゼルだから、アルブレヒトをこう描きたいって、僕もいろいろアイディアが拡がるんです」

語りながら、沙夜の踊る姿を想い浮かべているようだ。

「わかったわ。沙夜さんが復帰してきても、しばらくは調子が悪いかもしれないけど、貴方がカバーしてあげてね」

「もちろんです。彼女は僕のパートナーですから」

力強くうなずく。誠が沙夜をこのように大切に思っていたとは……。彼のためにも、沙夜の復帰を祈らずにいられなかった。

――パートナー……。

かつて自身の、唯一無二のパートナーであった黒川真治の面影がふとよぎり、甘く苦く胸が疼いた。

次の日の夕方、教室を早めに終了し、由美は再び病院に向かった。むろんその後のようすが気になったからだが、吉崎誠が代役を立てず沙夜と踊ることを希望した、と伝えたい想いもあった。自分が必要とされている、その事実が、沙夜の生きる力になればいいけれど……。

病棟の廊下を進み、目指す病室に近づいた時だった。一人の若い男性が、部屋から出て来るのに気がついた。その顔を見て、由美はハッと息を呑んだ。相手のほうもこちらが誰かを理解し、凍りついたように棒立ちになった。

「綾野さん……」

「白浜先生……」

互いにほとんど同時に呼びかけた。

何をしにここに来たの！　どういうつもり？　貴方のせいで沙夜は……。唇まで出かかった非難の言葉を辛うじて呑みこみ、彼を睨(にら)み据える。かなり険しい目つきになったと思う。

「あの、本当に申し訳ありませんでした」

深く頭を下げ、しばしその姿勢のままだ。

「私に謝られても困ります。失礼します」

努めて冷静な口調で言い、彼の前をすり抜け、病室に入ろうとするのを、

「待ってください！」

と呼び止められた。

「先生に、どうしても聞いていただきたいことがあります。十分でも五分でもいいので、お時間をいただけませんか？」

瞳には、痛々しいほどの必死さがこもっていた。自分としても、この男の口からじかに話を聞きたいし、言ってやりたいことも山ほどある。第一、病棟の廊下で、長い立ち話や言い争いを続けるわけにもいかない上、沙夜の耳に聞こえてしまうかもしれない。

「わかりました。それでは、どこかでお茶でもいたしましょう」

見舞いは後にしよう。由美は意を決し、綾野を促し今来た通路を玄関へと引き返した。

その夜、ベッドに入ってもなかなか寝付かれぬまま、由美は綾野弘樹との会話を想い返した。

最寄りの喫茶店で向かい合った彼は、さすがに身の置き所がない、という辛そうなよう

すだった。

「……今さらこんなことを言っても、信じてもらえないだろうし、どうしようもないですが、僕は沙夜さんと、真剣に結婚を望んでいました」

「それなら何故？」

「僕は、だめな人間です。沙夜を愛しているのに、バレエで忙しい彼女となかなか思うように会えず、それに、その……」

言いにくそうに口ごもる。

「まだ、せめて正式に婚約するまでは、今のままでいたいと、あの、応じてくれなかったので……」

彼の言わんとする意味を、由美は理解した。

「それで他の女性を求めたと？」

彼はうつむき、顔をやや背けながらもうなずいた。

「相手は同じゼミの仲間で、何かと親しく話したりする好きな娘だったけど、恋人と言える存在ではなかったです。それが、ゼミ仲間の飲み会の後で、何となくお互い、その場の流れで……。その娘に妊娠したと告げられた時、初めて、取り返しのつかないことをしてしまった、と……」

男の狡さと弱さをさらけだして打ち明ける綾野は、惨めで卑小な存在に思われた。だが、あまりにぶざまな告白ゆえに、かえって沙夜を真実愛していたことが、ふと信じられる気がした。

「こうなったからには、その相手ときちんと結婚しなければ……。それが僕の義務だと」

「それで沙夜さんと別れる決意を？　彼女には、どう話したの？」

「沙夜にも、今のとおり真実を打ち明けました。彼女は怒りました。僕が裏切ったことにではなく、そんな『義務』の気持ちで結婚するのは、相手に対して酷過ぎる。許せないって。そして言われました。自分を棄てて、その女と結婚するなら、二つだけ条件がある、と」

「条件？」

「そう。『その人を愛してあげてほしい。大事にしてほしい。相手の女性を想って望むのではない。私が愛した弘樹に、卑劣な酷い男になってほしくないから』と」

沙夜はどんな想いでその言葉を語ったのだろう……。

「そしてもう一つ。僕に一生、バレエを観続けてほしい。そうしたら許す、と」

「沙夜さんが、そう？」

「だから僕はその約束を守ります。それが、これほど傷つけた沙夜への、せめてもの償いだから」

その言葉が綾野と別れた後、そして今ベッドの中でも、由美の胸深く幾度もこだまし続けていた。


一週間ほど後、早乙女沙夜は再び稽古場に戻ってきた。

「やあ、良かった。安心したよ」

吉崎誠が満面の笑みをたたえ、しかしさらりと口にした。

「これまでのブランクを取り戻すつもりで、がんばりなさいね」

由美もあえて、単に数日休んだだけ、という扱いで迎え入れた。

やはり身体が鈍っていたためか、時々疲れたように荒い息をしつつも、踊る彼女は嬉しそうだ。

そしてレッスン終了後、由美は着替えを終えて出てくる沙夜を待った。

「どう、大丈夫？　具合、悪くない？」

「平気です。先生、本当にご心配をおかけしました。でも私やっぱり、踊り続けたいです」

応える笑顔は明るい。

「私、プロのバレリーナを目指します。いつか綾野さんに私の踊る姿を見せたいので」

だからバレエを観続けろと言ったのだ。バレエを観るたび、綾野は沙夜との想い出に苦しむだろう。それが彼女なりの、彼への復讐。そして愛？……

「私、やっぱりジゼル、大好き。今回は一幕だけだけれど、いつか二幕も踊りたいです。今の私なら、二幕の彼女の心が理解できる気がするから」

そうはっきりと口にした沙夜は、以前とは一回り違う成熟を感じさせた。彼女は一度死んで、強く美しく生まれ変わったのだ。

「そうね。貴女ならいずれ必ず、踊れるわ」

日本の誇るプロとして。現代の踊り好きのジゼルは、決して自殺したりなどしない。もっとしなやかで、したたかな生命力を持っている。背筋を伸ばしてうなずいた沙夜を、由美は熱い想いで見つめた。

第五話

シンデレラの幸せ

何とか形になってきた。「スワン・バレエスクール」の主任講師、白浜由美は、二月の寒さを吹き飛ばす熱気で踊る灰田幸子(はいださちこ)に、ほっと胸を撫で下ろした。正直、最初はどうなることかと案じたけれど、急速な進歩が見られる。これなら大丈夫だ。

幸子が入校を希望してきたのは今から約一箇月前。昨年暮れの発表会『ジゼル』が無事終わり、年が明けた一月初め頃だった。

幸子は現在二十四歳。なんとバレエの経験は皆無だという。バレエは早ければ幼稚園の頃、遅くとも小学生のうちには習い始めるのが通常で、こんな年齢になってから初心者の弟子入りは、かなり珍しい。

だが、説明を受け納得した。大学卒業後、彼女は演劇部時代の先生が主宰する劇団「アミーゴ」に入団し、そこで芸名「光田幸(こうださち)」として女優活動を始めた。

「そう、女優さんなの」

　正直、「アミーゴ」という劇団名も光田幸も、由美は全く耳にしたことがない。さらに詳しく聞くと、小劇場で自主公演を打っている、いわゆるアングラ劇団らしいが、華やかで人目を惹く美貌と、すらりと整ったプロポーションは、さすが女優の名にふさわしい。

「まだほんの卵ですけど、今度初めてヒロインに抜擢（ばってき）されたんです」

「わあっ、それは凄いわね！　おめでとう！」

　由美自身が遠い昔、初めて『白鳥の湖』の主役を与えられた時の喜びがよみがえる。もう二十五年近く前の話だが、あの日の驚き、そしてヒロインとしてステージに立った恐怖と緊張、それを乗り越え、やり遂げた目くるめく感動は、今も胸に鮮やかだ。

「ありがとうございます。まあ、もともと少人数の劇団なんで、主役級の大きな役も、かなり持ち回り式に演（や）らせてもらえるのだけど、やっぱり嬉しいです」

　と幸子は苦笑気味に続けたが、入団二年目でヒロインは、きっと優秀なのだろう。

「私の演じるエラという役は、貧しい育ちながら熱心にがんばっている、新進バレリーナです。それが、思いがけず主役を与えられて……」

　初主役に抜擢されたエラの立場は、今の幸子自身と重なるのでは？

「エラが踊るのは『シンデレラ』です」

『シンデレラ』。言うまでもなく、世界中に親しまれ愛されて、幾度も舞台、映画、ドラマ化されている、あの名作童話だ。オペラやミュージカルもあるが、由美にとってはやはり、ロシアのプロコフィエフ作曲のバレエ作品が、一番に連想される。

「それで、エラは先輩たちの嫉妬や苛めにも耐えながら、立派にやり遂げます。その舞台を観に来ていた名門の御曹司シャルルが、エラに一目惚れでプロポーズして、やがて二人は結ばれます」

「楽しそうな話ね。つまり現代版シンデレラのハッピーエンドね」

「ところが、理想の王子様シャルルと結婚したものの、それぞれの家柄や育ちの違いから、結局うまくいかず、離婚になってしまうんです。現実はそんなに甘くない、というか……」

なるほど、確かに今どき絵空事のようなラヴ・ストーリーは、喜ばれないというわけか。風刺や皮肉も効かせた、ほろ苦い現実的な筋書きのほうが、現代受けするのだろう。

「最後、エラが再び、バレエの世界に戻っていくところで終わります」

変化に富んだ、なかなかやり甲斐のありそうな大役ではないか。

公演は七月ということなので、今からほぼ半年はある。

「脚本も出来ていないし、まだまだ稽古が始まるまでは間があるけど、大筋と、プリマの役という設定だけは決まったので、とにかくバレエを習いたいと思って」

「事情はよくわかりました。で、舞台ではどのくらい踊るシーンが入るのかしら？」

「いえ、たぶん、全く踊りません」

「えっ！」と思わず聞き返す。

「オオタニ先生が、あっ、『アミーゴ』の主宰者で、今回の脚本演出をする大谷伸也先生なんですけど、やはりド素人に舞台で踊らせるのは無理だろう、と言い出して」

「うーん、確かに……。でも、全く踊る予定がないなら、どうして習いに来ようと思ったの？」

「それは、プリマ役なら一度でも踊った経験がないと、それらしい雰囲気が出ないと考えて。歩きかたなんかの立ち居振る舞いも違うだろうし。だからお願いします。少しでもバレエに親しんで、踊れるようになりたいんです。こんな生徒は先生にはご迷惑でしょうし、バレエ一筋に真剣にレッスンしてる方たちに対して、お邪魔な気もしますが……」

　幸子の言葉に、胸を突かれる想いがした。最初はセミプロ程度かと想像していたが、なかなかどうして、立派なプロの女優魂だ。普通、舞台では踊らずにすむとわかったら、あえて習おうとはしないだろう。

「あら、大丈夫よ。迷惑なんてとんでもない。子供クラスとか、入門レベルの方たちに教えることも多いし、むしろ本気でプロを目指してる人のほうが少数だから……。貴女みたいに目的意識を持った真面目な生徒さんは、大歓迎だわ」

「それを聞いて安心しました。では、よろしくお願いします」

「こちらこそ。どのくらいお役に立てるかわからないけど、お互い、がんばりましょうね。だけどその作品、本来の構想では、バレエのシーンを入れる予定だったんじゃない？　だからバレリーナという設定にしたのでしょう？」

「ええ、実はそうなんです。バレエが入れば、舞台としても華やかな見せ場になるし。でも、私がからきし踊れない上、他に経験者が一人もいなかったため、諦めたみたいです」

と申し訳なさそうに、肩をすぼめる。

「やりましょうよ！　これから貴女を特訓して、何とか踊れるようにしてみせるわ。二人で努力してその先生に、貴女が踊るシーンを入れようって、言わせましょう」

「できるでしょうか？」

不安そうにこちらを覗きこむ瞳の奥に、静かな闘志が燃え始めたのが感じられた。

「厳しいけれど、チャレンジよ。貴女、スポーツとかダンスとか、身体を動かすことは？」

「苦手ではないです。高校時代にちょっとダンス部にいたし、劇団でも毎日のように柔軟体操やジョギングとかは、訓練としてやってます」

「なら大丈夫。きっと巧くいくわ。灰田さんの場合、期限内に成果を出さねばならないのだから、短期集中型レッスンがいいと思うの。もちろん、演劇のお稽古に支障をきたさないよう、注意しながらだけどね」

いろいろ話し合った結果、週四回来ることに決まった。

「最初はまず初心者クラスに入ってもらうけど、だんだんようすを見て、お稽古のカリキュラムを決めましょうね。いずれ個人レッスンも必要になるかもしれないわ」

「わかりました。とにかくがんばります！」

真剣なまなざしに、由美はこの灰田幸子という若手女優に、改めて好感を抱いた。何とか彼女の希望に応えたい。

幸子が帰ってからも、熱い心の高揚は続いた。

バレエ以外の何かを目的に入門してきたケースとしては、三年ほど前の男子フィギュアスケーターが、今も忘れ難い。彼、羽根田翔はその年、プログラムの楽曲とテーマに『白鳥の湖』を選んだため、振付けや演技にバレエの要素が必要、ということで期限付きで指導を受けに来たのだ。彼の場合はとても呑みこみが早く、瞬く間にバレエ・ダンサーとしても通用するほど、高いレベルに達した。そんな彼に、分野は違えどさすがは一流、と感心したものだ。当時よりさらに円熟した技で、今もますます世界的に活躍を続ける雄姿を見るたび、我がことのように嬉しい。さて一方、この幸子はどうだろう？

こうして、初心者クラスに入って来た灰田幸子の、最初のレッスンが始まった。前回会った時よりさらにほっそりとした印象は、気のせいかと思ったが、バレリーナの役になりきるため現在ダイエット中だという。

「そうなの？　でも舞台に立つのだから、やりすぎは禁物よ」

見た目の美しい体型維持と、強靭な筋力、体力の両立が求められるのは、バレリーナも劇団員も、舞台人として同じだろう。さらに俳優は、役柄に合わせて体重を増減させたりもすると聞く。

「わかってます。ありがとうございます」

と、しっかり微笑む幸子に、由美は女優としての並々ならぬ心構えと努力の一端を、再確認した思いだ。

ところが、実際教えてみて由美は頭を抱えた。身体つきこそ理想的なバレリーナ体型なのだが、意外に不器用で、動きも硬く重い。やはり一流スケーターのようにはいかない。これではとても、人前で踊るのは無理だろう。

だが、教えを真剣に聞いて吸収しており、相当復習の自主レッスンをやってくるのか、いつも次回までにはかなり改善されている。そんな成果に本人も気づいたらしく、

「踊るのって楽しいですね。もう、毎回凄く充実して、お稽古が嬉しくって」

と顔を輝かせる。

「そう思ってもらえれば、私としてもとても嬉しいわ。でも、劇のお稽古と同時並行じゃあ、いろいろ大変でしょう？　身体壊さないよう気をつけてね。忙しい時は、こっちは休んでいいのよ」

幸子は手を振り真顔で返す。

「とんでもない。もっとレッスン、増やしたいくらいです。今はまだ新作の稽古も始まっていないし、普段の劇団の練習とは、時間が被らないようにしてるから大丈夫」

「ならいいけど、くれぐれも無理はしないでね。舞台人にとって、健康は何よりだから」

語りながら、二十歳の頃の自分を想い出した。一日何時間でも夢中で踊り続け、そうすることが少しも苦ではなく、逆に休んでいると不安に駆られ、稽古場に立たずにはいられなかった……。

わずか数回のレッスンで、二月に入った頃には、幸子は見違えるほど上達を示してくれた。

だが、もう一つの大きな難題が残っている。トウシューズだ。

バレエを少しでも知る人なら、まず思い浮かべるのは、爪先立ちで軽やかに舞う女性たちのトウシューズだろう。「ポワント」とも呼ばれるバレエ専用の靴で、あたかも楽々と踊れる魔法の靴のように見えるが、実際は誰もが簡単に履きこなせるわけではない。サテンの布地を接着剤等で塗り固め、爪先の所を硬く仕上げた独特な構造で、それを履いて爪立ちするには、かなりの訓練と技巧が必要だ。特にまだ脚や足がしっかりしていない子供がやると、怪我してしまう危険性が高い。それゆえ、幼少時に習い始めた子供たちは大概最初の四、五年間は、年齢で言えば十二、三歳以上になるまでは、履かせてもらえない。先生のお許しが必要なのだ。バレエ少女たちにとって、トウシューズ解禁は一つの上達と成長の証であり、憧れなのだ。

では、大人の例では？　小児と違って足や身体の骨や筋肉、腱等はしっかり発達し完成しているけれど、それでもやはり、基礎訓練ができていない状態では危険だ。普通なら最初の一年くらいでは無謀と言えよう。

でも幸子の場合、一年も待っていられない。それどころか、半年がタイムリミットだ。プロのプリマという役ならやはり不可欠だが、無理をして故障を起こし、舞台に立てなくなったりしたら、元も子もない。とにかくもう少しようすを見て、決定しよう。

幸子の強い希望に、由美も何とかしたい思いは山々だ。

「できれば、履きたいです！」

それから毎回、由美は注意深く幸子のようすを観察した。特に爪先、足の甲や足首、脹脛、立った時のバランスなど。じかに足に触らせてもらったりもしたが、いずれも理想的な強靭さとしなやかさが感じられた。むろん、バレエの基礎的な正しい足の使いかたができているかどうかは、当然重要だが、基本の教えを忠実に守っているので、その点も問題ないと言えた。

四月に入って個人レッスンも開始した後、初めて幸子にトウシューズを渡した。

「わあ、嬉しい！　ドキドキしちゃう」

真新しいきれいなピンクのサテンの靴を履き、足首に同色のリボンを巻きつける形で固定する。

「いい？　足首を伸ばしたまま紐を結んではだめよ。そう、そういうふうに、足首を曲げた状態で結ぶの」

そうしないとリボンを締める強さが変わってしまうので、ちょうど良い按配で結ぶためのコツだ。遠い昔、少女の頃そう教わって以来、由美自身、今も守っている。

「バーにつかまって、そっと立ってみて」

幸子の顔に緊張が走る。バーに近づき、恐る恐るといったようすで、ゆっくりとポワント（爪立ち）で立ち上がる。最初は両手でしっかりとつかまっていたが、やがてその姿勢のまま片手を離した。ぐらつかず、きれいにバランスを保っている。

そして、もう一方の手も離した。

「わあっ！　立てた！　立てた！」

少女のように歓声を上げる。

「あ、気をつけて！」

そう声をかけた途端、幸子はぐらりと揺れて慌てて再びバーにしがみついたが、無事体勢を立て直した。

「もう一度。今度は五番のポーズから」

次も何とかクリア。しばらくいろいろなポーズでポワントを試みるうち、だんだん本人も要領を会得してきたようだ。

少しずつ難しい技にも挑戦させていったが、予想以上に順調だ。

「あ、今日はここまでにしましょうね」

約束の時間をやや超過したのに、ハッと気づいた。幸子も同じ感覚だったらしく、「あ、もう？」と小さくつぶやき、「ありがとうございました」と姿勢を正し頭を下げた。

「お腹、空いたでしょう？」

時計を見て改めて空腹を意識したらしく、幸子は「はいっ！」と大きくうなずいた。そんなところは歳よりも幼く感じさせる。

今日はもうレッスンは終わりなので、夕食に誘ったら、すぐに嬉しそうにうなずいた。

「私、独り暮らしなんです」

「そうなの。ご家族は？」

「はい、両親は山梨に住んでて、高校までは私も向こうでした。でも、東京の大学へ行くようになってから、私だけ一人で……。夕食も、普段は自分で作るけど、レッスンの後とか、『アミーゴ』の仲間たちと一緒に食べて帰っちゃう時も多いんですよ」

だから今夜も、どうしようかと考えていたという。

「そう、じゃあお誘いして良かったわ」

幸子とは、これまで稽古場以外ではほとんど話さなかったので、互いに親しくなれる良い機会だ。彼女の場合、期限付きの弟子入りだから、いずれはここを離れていくのはわかっているが、それでも今は弟子として、大切にしたい。

間もなく二人は、駅の近くのカジュアル・レストランで向かい合った。

「ここはレッスンの帰りに、何度か入ったことあります。あ、先生はジンジャーポークですか。私もそれにしようかな？　ハンバーグやビーフカレーは前に食べたけど、なかなかでしたよ」

「あら、貴女のほうが詳しそうね」

楽しく雑談するうち料理が運ばれ、幸子はおいしそうにパクつき始めた。バレリーナ役のためにダイエット中と聞き、少々心配していたが、このようすなら安心だ。

「幸子さんはどういうことから、女優さんになろうと思ったの？」

由美もジンジャーポークを楽しみながら、問いかける。

「そうですね……。私の場合、子供の頃から何となく、学芸会とかお芝居するの好きだったのですけど、直接は、大学の演劇部の公演を観たことですね」

「あ、学園祭とかの？」

「学園祭というより、五月だったか、新入生たちが入る部を決めるための、部紹介のイベントがあって、その時の公演で惹きつけられたんです。驚きました。アマチュアの劇で、ここまで凄いお芝居ができるなんて」

そう語る幸子の頬が上気していくようすから、その時彼女が体感した衝撃がうかがわれた。

「それで私、その日のうちに即入部、申し込みました。この世界に入ってみたい。自分にどこまでできるかわからないけど、やってみたい、と」

いてもたってもいられぬ烈しい渇望に近い、衝動と憧れ……。由美にもわかる気がした。たった一度の舞台との出合いが、人生観やその後の一生を変えてしまうほどの、忘れ得ぬ感動をもたらすことがある。自分にもそういうバレエとの出合いはあったし、またもしも自身の踊りが、誰か一人にでもそれほどの感銘を与えることができたら、踊り手として本望だ。

「当時の部の顧問が、大谷伸也さんでした」

今彼女が所属する劇団「アミーゴ」の主宰者だと、名前を聞いた覚えがある。

「彼はやはり同じS大の卒業生で、ええと、十年先輩かな、在学中は部長もしていたそうです。大谷先生にはたくさんのことを教えてもらいました。演技の基本はもちろん、演じる上で必要な心構えとか。部時代も『アミーゴ』に入ってからも、根本の教えは変わっていません」

「まあ、何かしら？　聞かせてもらえる？」

「例えば、役をもらったら脚本に書いてある内容だけでなく、その人物のいろいろな面を想像して、自分なりに組み立てて、人物像をふくらませて作るように、と。小さな役の場合、あまり台本からはわからない点も多いですよね？　年齢や家族構成、どんな育ちをしてきたのか、職業や趣味なんかも全然描かれないことも……。そういう時に自分で細かい設定を決めておけば、演じる指標になるから」

「それはとても大切よね。細かな努力は必ず舞台に活きるわ」

バレリーナにとっては、当然踊りそのもののテクニックが最重要ではあるが、やはり物語がある作品では、役柄を身体の動きで演じるのだから、俳優としての役作りも大きなウエイトを占める。きちんとキャラクターを表現しきれてこそ、観る者を感動させる深み、厚みが生まれるのだ。

「また、役の仕事や出身地などが決まってる場合は、少しでもいろいろリサーチして、体験できることはやってみるように、と。例えば実際にその職業の人に話を聞くとか」

「ああ、だからバレエを……」

最初彼女が、舞台では全く踊らせてもらえないのに習いに来た、と聞いて感心したものだが、そういうスタンスで芝居に対峙してきたのだ……。

「もちろん、それぞれがあまり勝手な解釈で役作りしたら、まとまりがなくばらばらになっちゃうから、自分はこの役をこういうふうに演じたいって、先生や仲間たちに話して、ディスカッションするように言われましたけど」

「うん、確かにそうね。わかるわ」

「あと、チームワークの大切さも。どんな作品も一人でできるものじゃない。主役から端役まで出演者全員、さらに演出やスタッフ、衣装やメイク、劇場の係まで、すべての力の協力があって、初めて一つの舞台が完成するのだ、と」

バレエの公演でも全く同じだ。由美のようなプリンシパル経験者は、とかく自分中心に驕って考えがちだが、そうしたすべての人たちに支えられて、中央でスポットライトを浴びていられるのだ、という事実を忘れてはならない、と自戒してきた。もっとも、それに気づいたのは、三十代後半になって、そろそろ現役としての引退を意識し始めた頃ではあったが。

「だから仲間たちを大事にするようにと、いつも言われてます。たまには思いっきり喧嘩をするのもいい。納得のゆくまで、とことん話し合うことも必要だ。だが舞台で頼れるのは、助け合えるのは、一つの作品を苦労して作りあげてきた仲間たちだけなのだ、と」

由美の場合は、最初にプロとして在籍した英国ロイヤル・バレエ団も、その後帰国し移籍入団したSKバレエスタジオも、規模の大きな団体で団員数も多く、外部からのゲスト出演も珍しくない状況だったため、団員同士の友だち的、さらには家族的な感覚はあまりなかった。もちろん、その時どきの共演者とのコミュニケーションは大切にしてきたが、由美にとって終始一貫、心のパートナーは黒川真治ただ一人だった……。

「大谷先生の言葉どおり、私、何度も仲間たちに助けられてきました。例えば台詞を忘れたり間違えたりした時、アドリブで巧くカバーしてくれて……。もっとも後で叱られましたけどね」

小さく舌を出す。

「風邪で熱があっても舞台に立った時なんて、本当にみんな心配して、何かと気遣ってくれました。『アミーゴ』の仲間たちはほとんどがS大演劇部の出身者たちで、皆凄く仲が良いんです。男優同士も女優同士も、確かにライバルではあるけれど、それ以上に友だち、という感じで。『アミーゴ』って、スペイン語で『友だち』って意味らしいです」

「あ、そうね。確かそうだったわ」

そういう意味の劇団名を付けた主宰者の心が、改めて感じられる。

「大谷先生が自分の劇団を立ち上げると聞いた時、私もそこに入団したいと、迷わずにプロになろうと決めました。プロと言っても、正直、持ち出しに近い状態ですけど……」

さらりと口にしたが、確かに小劇団では営利的に厳しい面も多いだろう。

「部時代からの親友や、とっても優しくしてくれてた先輩もいるので、心強いです。今度の『シンデレラの幸せ』で、二人ともエラを苛める先輩バレリーナの役を演じるんですよ」

おかしそうに笑う。『シンデレラの幸せ』というのが、今回の公演のタイトルだそうだ。

何人かの団員たちについて聞きながら、それぞれの容姿や雰囲気を想像してみる。

「貴女方の公演観るの、ますます楽しみになってきたわ」

彼らに、彼女たちに、会ってみたい気持ちがこみあげてきた。

「あ、そうだ。今度良かったらメンバーたちの写真、お見せします。前回の公演のアルバム、見ていただけますか？」

「ぜひぜひ、お願いするわ」

さらに「アミーゴ」の話が続いた後、幸子が改めて顔を上げた。

「先生のほうのお話も伺いたいです。バレリーナの日常生活や、日頃気をつけてることとか……」

幸子が役作りのためにも知りたがっているのがわかったので、役に立ちそうな話を思いつく限り聞かせた。

「バレエ、辞めたいと思ったことはなかったのですか？　いろいろ辛いご経験もあったでしょうけど」

「もちろん、迷ったり悩んだりしたわ。自分には本当に才能があるのか、とか、プロの踊り手として通用するのか、やって行けるのか……」

　実際今ふり返ると、日本人の身で、よく英国をはじめ世界の舞台に立てたものだと、改めて奇蹟的幸運を感じる。辛く苦しくもあったけれど……。

　あの時バレエを棄て、黒川真治の妻になる道を選んでいたら……。今もふと心に浮かぶ想いは、未練と呼ぶべきものだろうか？

「そんな！　先生ほどのプリマが……。私、先生のDVDとか幾つも拝見しましたが、本当に圧倒されました。あれを観てしまうと、私、舞台で踊る自信なくなっちゃいます。あ、いえ、ごめんなさい。もちろん足下にも及ぶわけがないですけど」

　と手と首を振る。

「いえ、いいのよ。そう言ってもらえると嬉しいわ。そりゃあ今の貴女が、本物のプロのように踊ろうったって無理よ。でも、貴女のできる範囲でベストを尽くしてくれれば、きっとお客様も満足のゆくシーンになると思うわ」

「ありがとうございます。実は正直、迷っていたんです。先生がこれほど親身になって、真剣に教えてくださってるのに申し訳ないけど、やっぱり私が舞台で踊るなんて無理なんじゃないかって。でも今のお言葉で、やってみたい、と改めて思いました。今度、大谷先生に話してみます」

幸子の瞳は、ある決意を感じさせた。

そして次のレッスンの日、幸子が嬉々としてやって来た。

「先生！　私、昨日大谷先生の前で、ちょっとだけ踊ってみせたんです。そうしたら、バレエを入れることを前向きに検討してみようって」

「わあっ、先生も認めてくださったのね！　それは良かったじゃない！」

「それが、あの……」

ちょっと困ったような表情で続ける。

「大谷先生が、一度ここのレッスンを見学したいけど、白浜先生の許可をいただきたいって。私の個人レッスンの時」

「あら、もちろん、かまわなくてよ。いつでもいらしてくださいって、お伝えしてね」

「わかりました。ありがとうございます。何だか緊張しちゃうな」

それは由美も同じだ。はたして大谷氏に、これまでのレッスンはどう受け止められるのか？……

「もしバレエのシーンを本当に入れるなら、白浜先生に振付けやアドバイスをお願いしたい、とも言ってたので、どうぞよろしくご指導お願いします」

と、改めて頭を下げる。

「ますます責任重大ね。より良い舞台を作るため、お役に立てれば嬉しいわ」

バレエも演劇も、舞台芸術に携わる者たちの心は一つ。これは協力であると同時に、芸術家同士の一種の対決。真剣勝負と言えるかもしれない。

「それからあのぉ、この前お話しした写真です」

幸子がおずおずとした調子でさし出したアルバムを受け取る。練習風景らしい何枚かに続き、舞台衣装を纏いメイクした一同の集合写真、また各々のスナップなどが貼られている。

「これが、大谷先生です」

眼鏡をかけた細面の、おちついた文学青年風の男性が写っていた。指導中の厳しいほど真剣な横顔。ふっとくつろいだ笑顔。花束を持った団員たちとの穏やかで満ち足りた表情は、終演後の記念撮影か。写真からも、彼が団員たちをまとめる良き指導者であることがうかがわれる。

「えっ、これ、幸子さん？」

由美は扮装写真の中の一枚に目を留めた。ライトを浴びて顔を上げたその女性は、確かに幸子だが、別人のような輝きを放っている。

「あ、はい、私です。前回の公演の時の……」

そこに写っているのは灰田幸子ではなく、「光田幸」だ。舞台の上で役になりきって輝く、彼女はまさに女優なのだ。

「これが先輩の星川リサさん、そして三木あかねさん。私の一番の親友です。それから……」

数人の名を紹介されたが、皆舞台人らしい魅力と個性を感じさせた。

「ありがとう。大谷先生だけでなく、他の団員の方たちにも、一度お目にかかりたいわ」

自分も『シンデレラの幸せ』の稽古を、観に行くほうがいいかもしれない。

「そうですね。ぜひ！」と幸子は大きくうなずいた。

二週間ほど後、幸子が大谷伸也を伴ってやって来た。

「初めまして。うちの光田がお世話になっています」

紹介されたその男性を一目見て、きれいな瞳だ、と思った。対象を深く洞察するような澄んだまなざしには、知性が溢れている。

互いの挨拶が終わり、いよいよレッスンを始める。部屋の隅のパイプ椅子に腰かけた大谷の視線を意識しないと言えば嘘になるが、由美は普段と変わらぬカリキュラムとやりかたで、指導したつもりだ。幸子のほうも、最初は緊張のためかいつもより身体が硬く、どこかぎごちなさがあったけれど、次第に調子を上げ始めた。

バーから離れ、中央のスペースを使ってのトウシューズでの踊り。幸子はあれから数回のうちにかなりシューズにも慣れ、軽やかなステップをこなせるようになってきていた。今までで一番良いと言えるほどの出来に、ほっとしつつも感心させられた。「観客」がいて、ここ一番という時こそ本領を発揮できるのは、天性の舞台人の資質と言えよう。

一時間ほどのレッスンが終わり、着替えてきた幸子と三人で、応接室のテーブルを囲む。

「いかがでしたか？」

尋ねる由美以上に、幸子は怖れの面持ちで大谷の顔をうかがう。入試かオーディションでも受けて、その結果を通達される心境だろうか。

「いやあ、バレエというと、優雅で華麗な世界のイメージが強いですが、ダンサーたちの稽古は、地味で厳しいものだと、改めて痛感しました。もっとも、白浜先生のような本当のプロの方たちが日々こなしているレッスンは、今日のよりもっと激しくハードな内容なのだろうけど……」

「ええ、まあ。でも、基本は変わりません。それに、完璧なステージを生み出すために、何十回と稽古をくり返すのは、演劇でも同じなのではないでしょうか？」

「おっしゃるとおりです。一つの台詞をより良いものにするため、何回でもやり直すのは、あたりまえのことですから」

大谷の語る声は静かで穏やかで、深みがあった。

「今回のレッスンを拝見していて思ったのですが、ステージのシーンよりも、むしろ日常の稽古風景を入れたいですね」

由美も幸子も身を乗り出して、大谷の言葉に聞き入った。

「幕開きで、エラが一人スタジオで、黙々とバーを使った基礎レッスンをしている。そこへ後から先輩バレリーナがやって来て、二人の会話が始まる、というのはどうでしょう？」

「とても良いアイディアですね」

それならバーを使っての踊りだから、今の幸子にも無理がないし、ほとんどが未経験者だという他の劇団員たちに、踊らせないですむ。

「それで、レッスンのシーンの振付けをお願いできますか？　本番のステージは、舞台衣装を着けて花束を持って、カーテンコールを受ける場面を出せば、それで表せると思います。まあ、できれば本公演で踊るエラのソロも少しは入れたいが……」

「わかりました。ではレッスン風景と、本番のシンデレラのソロを入れましょう」

そう口にした由美に、二人の視線が注がれる。

「幸子さんは、今まで基礎練習だけで、特に何かの作品をやったことはありません。その彼女がシンデレラのヴァリアシオン、あ、つまりソロパートを踊るのは、かなり難しいとは思います。でも、簡単な振付けを作って、何とか踊れるようにしましょう」

「できるでしょうか？」

確かに大変だし、無理をさせれば失敗するリスクも伴う。だが何としても良いものを仕上げてほしいし、そのために力を貸せる自信はある。自分はバレエに携わるプロだ。そして幸子も大谷も、舞台のプロなのだから。

「大丈夫、お任せください。あとは、幸子さんのがんばりにかかってくるわ。しっかりね」

今までの何倍もの、厳しい努力を強いることになるだろう。けれど彼女ならやり遂げてくれるはずだ。それは確信だった。

翌日から由美は、シンデレラの振付けを練り始めた。幼い子供たちも含めた発表会で踊らせるために、名作バレエの一部を本来のオーソドックスな所作から、素人向けの単純で簡単なものへと作り変える作業は、幾度も経験している。だからそのこと自体には、特別な不安や難しさはない。

ただ、今回の場合は子供が踊る会と違って、いかにも難易度を下げた、と観客に一目で悟られてしまうのはまずい。何しろエラはプロの才能あるプリマの設定なのだから、実は簡単であっても、華やかで見栄えのする工夫をしなければならない。そこが肝心だ。

映像などでも数種類を比較し、自分なりのアレンジを工夫する。教室のレッスンが終了してから、一人残り、プロコフィエフの音楽と格闘する日が続いた。

そして数日後、由美は地図を片手に、教えられた場所を訪ねた。都内のとあるビルの地下。グレーのコンクリートが剥き出しの通路を行くと、奥まった部屋の扉に「劇団『アミーゴ』」と、シンプルなプレートが貼られている。防音のためか、中から物音は漏れてこないけれど、皆はもう集まっているのだろうか？　気を引き締めてノックする。

ドアが開き、迎え入れてくれた女性の顔は、例のアルバムで見覚えがある。三木あかねだろう。

「あ、先生、どうぞ」と幸子が飛んできて、同時にこちらに振り向いた大谷伸也も立ち上がる。

「やあ、今日はご足労いただきまして」

「あ、すみません、どうぞそのまま、お続けくださいな」

稽古を中断させてしまったらしいので、慌てて戻るように促す。

壁際にあるベンチを勧められて座ると、間もなくレッスンが再開された。

団員たちは皆Tシャツにスウェットパンツ、またはレオタードにスカート等の稽古着だ。それにしても「スワン・バレエスクール」もさほど大きな構えではないが、ここはさらに狭くつつましい。

エラが次回公演『シンデレラ』の主役に抜擢された、という場面。近寄って手を握り祝福するのは、三木あかねが演じるミレイユ。だが他の者たちは表向きの言葉とは裏腹に、内心複雑な羨望と嫉妬の炎をくすぶらせているようだ。中でも敵愾心を露にエラの背中を鋭く睨みつけるのは、星川リサ扮するカトリーヌ。設定では、彼女はこのバレエ団のトップスターらしい。

それからエラに対するさまざまな嫌がらせが始まる。主役を盗られたと恨むカトリーヌを中心に、優しく親切だった先輩ミレイユでさえ、冷たくよそよそしい態度になってしまう。

心が折れ、挫けそうになるエラ。それでも黙々とレッスンに励み、次第に主役にふさわしい実力を身につけ、仲間の信頼も勝ち得てゆく。

『ごめんエラ。私、貴女が主役に選ばれたことにじゃない。貴女の才能に嫉妬していたの』

ミレイユとエラが和解するシーンで、あかねと幸子の頬に伝う涙は本物だった。

「よし、皆、一休憩だ」

一幕が終わったのだろう。大谷が立ち上がり、手を打って呼びかけた。

「白浜先生。お構いもせず、失礼しました」

改めて彼は頭を下げ、部員たちを紹介する。

「いかがですか？　専門家として、バレエ界の描写等に不自然な、おかしなところはないか、お気づきの点があったら何でも指摘していただき、忌憚のないご意見を伺いたいです」

「あの私、本当に感心しながら拝見してました。よくバレエ団のことをこれだけお調べになったな、と」

バレエを知り尽くした由美の目から見ても、嘘や絵空事のないリアルなバレリーナの日常が描かれている。むろん、苛めの問題等は個々それぞれのケースによろうが、どの世界でも多かれ少なかれ、このような例はあると言えよう。

「私も新人だった頃のあれこれを、想い出したりしました」

幸せな時、辛い時、常に側にいて支えてくれたのは、パートナーだった黒川真治……。

「二幕の最初は、エラたちの公演当日から始まります。そこのバレエの振付けは、白浜先生にお願いするとして、今はその後のシーンからやります」

次は、舞台を観に来ていたシャルルとの、出会いが描かれる。彼はバレエ団のパトロンでもある大富豪デシュネー家の跡取りで、これまでも脇役でがんばってきたエラに密かに注目していたのだ。憧れの貴公子からの思いがけぬ告白に、驚き胸を震わせるエラ。それはバレエ一筋に生きてきた彼女の、初めての恋だった。

やがて二人は結婚。身分違いの玉の輿、と羨まれながらも、エラは相手の家柄や富よりも、愛するシャルルといられる至福に酔いしれるのだった。だが、そんな幸せも長くは続かなかった。義父母や小姑などデシュネー家の人々は、貧しい育ちゆえに上流社会の教養に欠けるエラを、何かにつけ見下すようになる。必死に勉強しついて行こうとする毎日に、次第に疲れてゆくエラ。初めは優しく庇ってくれたシャルルとの仲にも、いつしか少しずつ亀裂が入り始める。

結婚後三年経っても子宝に恵まれなかったこともあり、ついに二人は離婚。

心身ともに疲れ果て傷ついたエラが、再び求めたのはバレエ。三年間のブランクを取り戻すべく、猛練習を再開するエラは、そこに新たな生き甲斐を見出すのだった……。

――もしも、もしも……。

自分が舞台を棄て黒川真治と結婚したら、どうなっていたか、とふと思う。幸せをつかめた？　それとも二人はいずれ破綻し、自分はバレエの世界に戻っただろうか？　このエラのように……。

稽古の見学が終了し、独りスタジオを後にしても、由美の心はどこか波立ったままだった。今さら想い返しても、どうなるものでもないのはわかっているが……。

日々は瞬く間に流れ行く。幕開きのバーを使った基礎レッスンの場と、ステージでのソロの振付けも仕上がり、どちらも幸子に踊らせてみたら、何とかこなしてくれた。それでも最初は不安定だったけれど、回を追うごとにおちついて、危なげがなくなっていった。むろん、大谷氏にも意見を求めたが、彼はそれらの出来に大変満足してくれたようだ。

「よくここまでがんばってくれたわね。お疲れさま」

五日後に舞台初日を控えたその日、最後のレッスンが終わった。

「こちらこそ、ありがとうございます。私、不器用だし、運動神経もないのを改めて思い知らされて、最初はどうなることかと思いました」

それは正直、そのまま由美自身が感じた不安と言えた。初めて弟子入りしてきて以来約半年。全くバレエ未経験の素人に基礎からたたきこみ、まがりなりにもプロのプリマに見えるようにする。長い講師生活の中でも、このようなミッションを与えられたのは初めてだった。それだけに、なかなか思うような上達が見られぬ時には焦り、不安も覚えたし、幸子にもかなり無理をさせてしまった気がする。だが弱音を吐かず、よくついてきてくれた。女優として日頃の厳しい鍛錬を続けている彼女だからこそ耐えられ、やり遂げられた奇蹟だ。

「貴女を教えることができて、とても楽しかったわ」

幸せだった。と言っても良いだろう。だが、幸子の場合、『シンデレラの幸せ』のエラ役が終われば、もはやバレエのレッスンは必要なくなる。もともと半年ほどだけとの約束を承知の上とは言え、これで終わりと思うと、一抹の寂しさは否めない。

「とにかく、舞台しっかりね。楽しみに伺うわ」

そんな感傷を打ち消すように、努めて明るく呼びかける。今は舞台の成功だけを祈ろう。

そして、いよいよ初日を迎えた。

都内にあるそのシアターは、百五十人弱ほどのキャパシティーで、いわゆる小劇場の規模とは言え、客席はほぼ満員となっていた。彼らにも固定ファンは多いようだ。若い世代中心で、バレエの公演とは客層の雰囲気が違う。これまで由美にとってこういう劇は無縁の、未知の世界だったと言える。だが幸子を教え、また劇団の練習風景を見学するうち、彼らの熱意、演劇に対する真摯な姿勢等を知り、今では身内のような親しみさえ感じるようになってきた。

開幕のベルが鳴る。自身が主宰するバレエ公演を見守る時に近い緊張が、全身に走った。

まず冒頭の、エラの稽古場でのレッスンシーン。由美の振付けを、幸子は立派に見せてくれた。バーの基礎練習の「振付け」というのも妙な話だが、どの技を何度どのように繰り返すか、どこに気をつけるか、細かく指導した。実際のプリマなら、日頃自分が日課としている基礎練習を、アドリブでやれば良いとも言えるが、幸子の場合は、あらかじめ決めておく必要を感じたからだ。もっとも彼女のほうも、普段の稽古で学んだ経験を取り入れ、「ここはこうしてもいいですか?」などと提案してきたりもした。そんな毎日が、改めて懐かしく想い出された。

黒いレオタード姿で、バーに片手を当て黙々とレッスンに励むエラ。それは幸子自身の稽古姿であり、また完璧に、プロのバレリーナの練習風景になりきっていた。

最初にこのシーンを入れたことにより、エラの設定や人物像が鮮明に印象付けられる。それに、ステージの華やかな面だけでなく、舞台を支えるのは、たゆまぬ地味な鍛錬のくり返しであることも、観客に伝えられたと思う。

通し稽古も観てストーリーを知り尽くしている由美にとっても、その後の展開は心惹きつけられるものがあった。衣装とメイク、また装置や照明が整った状態で観るのは、稽古とは印象が変わるし、何より彼らの演技自体が違う。本番の舞台上でこそ輝く、本物の役者たちなのだ。

そして二幕。いよいよエラの主役デビュー公演の日の場面。

ここでエラ、幸子が踊るのが、シンデレラのヴァリアシオンだ。バーに頼ることなく一人、トウシューズで踊らねばならず、一幕の練習場でのシーンとは段違いに難しい。むろん振付けには工夫したし、何度もやらせて準備万端とは言え、はたして実際の舞台でも大丈夫だろうか？　心臓の鼓動の高鳴りとともに、膝の上の両手を握りしめる。

王宮の舞踏会に現れたシンデレラが王子の前で踊る、という設定なので、ここは優美な白い衣装だ。と言っても、いわゆる王朝時代の、大きく裾が拡がった豪華なロングドレスではなく、膝丈の動きやすいシンプルなデザインだが、純白の装いは美しいプロポーションの幸子に、よく似合っていた。

実はそれは由美がプレゼントした本物のバレエ衣装で、幸子と大谷氏から大いに感謝された。

髪を結い上げ、小さめのティアラを着けた姿の幸子が登場した瞬間、思わず息を呑んだ。もともと整った容姿だけれど、今までのどの時にも増して、圧倒的に輝いて見えた。

曲が流れる。軽やかに柔らかな動きで舞うその姿は、実際の一流プリマに負けぬ気品ある雰囲気を醸し出し、テクニック面でも申し分なく見事だった。途中一箇所、バランスを崩しグラリと揺れ、ハッとさせられたが、何とか大事に至らず、無事やり遂げてくれた。

——先生、私、踊れました！

劇中劇の、ステージ上で観客にお辞儀をする場面で、幸子の視線がこちらに向けられた。大きな瞳が語りかけ、頬に一筋の涙が伝った。

由美がみずからの頬を濡らす涙に気づいたのは、しばしの後だった。

これ以降はもう踊るシーンはないので一安心だが、物語はシャルルとの恋、結婚、そして破局へと、クライマックスに向かって盛り上がり、こちらも一観客として、さらに引き込まれていった。

『私、バレエを踊れて幸せ』

再び黒いレオタードで稽古場に立つエラの台詞を最後に、幕が下りる。

観客たちのスタンディングオベーションが、ステージの確かな成功を語る中、由美も渾(こん)

身の拍手を送りながら、再び溢れる涙を抑えきれなかった。

一週間で十回の公演は、つつがなくすべて終了した。千秋楽にも再び観劇したが、バレエのシーンをはじめ、初日よりもさらに完璧な出来であった。


「アミーゴ」の公演から一箇月ほど経った八月のある日。由美は久々に劇場へ向かった。ロシアのMバレエ団の来日公演『シンデレラ』だ。

さすが超一流カンパニーはレベルが高く、主役たちの見事なパフォーマンスに熱い高揚を覚えるうち、一幕が終わった。

幕間の休憩時間にロビーを歩いていると、不意に「白浜先生！」と呼ばれて振り向く。大谷伸也の笑顔が目に飛び込んだ。

「すっかりご無沙汰してしまって、すみません」

「いえ、こちらこそ……。ここでお目にかかれるとは嬉しいです。大谷先生もよくバレエ、ご覧になるのですか？」

「それが、恥ずかしながら、あまり普段は観ません。同じ舞台芸術として勉強のためにももっと、と思うのですが……。ただ今回は『シンデレラ』なのでぜひ、と」

確かに『シンデレラ』はそれほど上演回数が多くないので、彼がこの作品を観るのは初めてなのだろう。由美にとっても貴重な機会だし、幸子とのレッスン以来、特別な想い入れのある作品となっていた。

「今日は、幸子さんは？」

「あ、彼女は今日は都合がつかず、明日観ると言ってました」

今会えないのは残念だが、彼女も『シンデレラ』に触れようとしてくれているのは、何か嬉しい。

「そうですか。で、皆様、お元気ですか？」

公演終了とともに幸子のレッスンは終わり、それ以来この一箇月、幸子からは音沙汰がない。時々気にはなるものの、もう彼女は「スワン」の生徒ではないのだし、辞めた人をいつまでも追いかけても、煩わしく思われるだけだろう。そう考え、あえてこちらから連絡をとるのを控えているのだ。

「はい、皆元気で稽古に励んでますよ。おかげさまで、次回公演も決定しましたし」

「それはおめでとうございます。私もぜひ観に伺いたいですわ。久しぶりで幸子さんにも会いたいし……」

「あ、いや……、たぶん彼女は、出ないでしょう」

そう淡々と口にした大谷の表情が、少し曇った。

「おそらく、『アミーゴ』も退団すると思いますよ」

「えっ！　どうして？」

思わず声が大きくなってしまった。

「お身体でも壊されたのですか？」

そう問い返しながら、皆元気だ、と言った先ほどの大谷の言葉を思い出す。

「いや、ご心配なく。悪い事態ではなく、むしろ喜ぶべきことなのだから。彼女はスカウトされたんですよ、帝宝に」

「えっ、帝宝！　凄いですね！　舞台ですか？」

帝宝、と言えば、映画演劇等芸能部門における、我が国最大手の大企業だ。所属する俳優たちもずらりと大物が名を連ね、名作、ヒット作も枚挙にいとまがない。あの帝宝からスカウトとは……。

「まず今話が来ているのは映画です。むろん彼女の役者としての実力が評価されたわけですが、それだけでなく、ズブの素人からあそこまで、短期間でバレエを習得した努力家の面と、幅広い可能性が買われたらしいです。彼女のことを調べに来たスカウトマンが、そう言ってました」

「まあ！　じゃあ、『シンデレラ……』のエラ役が、目に留まったということですね」

「まさにそのとおりです。これも白浜先生のご指導のおかげです」

もちろん映画で求められる役柄のイメージもあろうが、もしもバレエ習得が決め手となったなら、自分は彼女の運命の扉を開いたことになるのだろうか……。

「おめでとうございます。私も喜んでいたと、幸子さんにお伝えくださいね」

「ありがとうございます。我々『アミーゴ』から、初めてのメジャーなスターが生まれるかと思うと、喜ばしいですよ」

もっと話したかったがその時、二幕開幕を告げるベルが鳴ったため、客席に向かった。

シンデレラが魔法の力で華麗な装いに変身し、お城の舞踏会に出る場面。幸子が踊った例のヴァリアシオンが始まる。舞台上のロシア人プリマと幸子の姿が重なり、胸に熱いものがこみ上げてきた。

カーテンコールが終わり、深い感動と興奮のうちに、人の流れに乗って出口へと向かう。途中幾度も大谷伸也の姿を捜したが、人混みの中、ついに見つけることは叶わなかった。

あの灰田幸子、否「光田幸」が……。まるで夢物語さながら、シンデレラならぬエラ役で、彼女はまさにみずからのシンデレラ・ストーリーを勝ち得たのだ。

短期間とは言え弟子であった幸子の幸運を、喜ばしくまた誇らしく思う。だが……。同じ大学の出身者でまとまった、比較的和気藹々とした雰囲気の少人数劇団と、帝宝のような大組織とは、全く環境が違うはずだ。それに、舞台で育ってきた幸子が映画の役に抜擢されても、はたして巧くやっていけるだろうか？

由美もかつて、テレビのトーク番組のゲストとして呼ばれて、芸能人や音楽家と対談したし、一度だけドラマに、バレエの先生役で出演経験もある。その時に、舞台とテレビ等の撮影とは全く別物と改めて知らされ、驚いたものだ。

今回の話を祝しつつも、一抹の不安は胸に残り続けた。

そんなある日、当の幸子から、会いたいと連絡が入った。

「今日はお時間をいただいてすみません」

バレエスクール近くの喫茶店で向き合った幸子は、改まったようすで頭を下げた。

「いえいえ、私のほうもお話ししたいと思っていたから、良かったわ。この前、Mバレエ団の『シンデレラ』の劇場で、大谷先生にお目にかかったのよ」

「私もあれ観ました！　もう、すばらしくて感激しちゃって」

それからしばし、Ｍバレエの公演について感想を述べ合った。やはりバレエの話題となるとつい夢中になるし、幸子もほとばしるように語った。

だが今話すべきは、これではない。

「大谷先生から伺ったわ。貴女、帝宝からスカウト受けたんですってね。おめでとう」

頃合を見て、思いきって口にした。

幸子は少しハッとした表情を浮かべ、目の前のアイスコーヒーを一口飲み、息をついた。

「ええ、驚きました。まさかあんな大手からうちの劇団にスカウトが来るなんて。帝宝ですよ？　しかも、私に……」

興奮したような話しぶりから、彼女が受けた驚きの大きさが感じられた。

「本当に凄いわね。すばらしいわ」

「ありがとうございます。とても嬉しいです。だって、バレエを含めてあのエラの演技が帝宝の方の目に留まったなんて、凄い名誉ですよね。新進女優なら誰でも憧れる、と言ってもいいくらい大変なことで、今も信じられません！　幸せです。これも白浜先生のご指導のおかげだと、感謝してます。お礼を申し上げたくて。それと、帝宝に入ったら、『アミーゴ』も辞めることになるので、その報告のご挨拶をしなくてはと……」

幸子の面が微かに曇るのを、由美は見逃さなかった。

「それで、もう正式に帝宝と契約したの？」

「いえ、まだ。でも、もちろん受けるつもりです。私のような無名の役者に、こんなすばらしい話をいただけて……。断る人なんて、絶対いませんよね。大谷先生たちも、大変なチャンスだって応援してくれてますし」

言葉とは裏腹に、幸子は迷っているのだ。「断る」という選択肢などあり得ないと、心を決しながらも、なお……。名誉を強調する話しかたも、自慢ではなく、むしろみずからに強いて言い聞かせるため、と思われた。千載一遇の好機を目の前に、喜びだけでなく、不安に駆られるのも当然かもしれない。今後の人生を左右する、あまりにも大きな岐路なのだから。

「そうね。いろいろ大変なこともあるかもしれないけれど、とにかく貴女のこれからが、より良い道であるよう、成功を祈ってるわ」

あえて由美が感じた懸念や自身の意見は、口にしなかった。他人に諭されるのではなく、最終的には幸子みずから決断を下さねばならぬ問題だ。

「ありがとうございます。映画の世界とか経験ないのでわからないけど、舞台も撮影も、演技の根本は同じですよね」

両者の違いを意識しているからこそその言葉だろう。

「あの、こんなことを言うと、先生に笑われる、というか、怒られるかとも思いますけど……」

ふっとようすを変え、幸子が笑った。そして一瞬の沈黙の後、言ってもいいかな、というような、少し悪戯っぽい表情を浮かべながら続けた。

「私、あれから、バレエの世界で生きたいって、思っちゃったんです。もちろん二十四歳で始めてプロのバレリーナになるなんて、あり得ないのはわかってますけど。それでも、ずっとこんな毎日が続けばいいいな、と」

冗談ぽく言いながらも本気を感じさせる口調だった。そのように思ってくれていたとは……。

「でも、やっぱりそんなに甘くないですよね。あの時何とか踊れたのは、先生が私に魔法をかけてくれたからだ、と今は思います。シンデレラの魔法使いのように」

「私が、魔法を？」

「そう、短い間の期限付き魔法。バレリーナになったというシンデレラの夢は、終わったんです。よっぽどこの先も、バレエのレッスンだけは続けようかとも考えたけど、結局中途半端になるし、お芝居の稽古に専念すべきだと思って、潔く諦めました。私はまた、本来の女優の道で精進していきます」

幸子の瞳には改めて、決意が見て取れた。

「そうね。貴女の舞台を観ていて、根っからの女優さんなんだと感じたわ。これからも一ファンとして、貴女を応援し続けるわ」

舞台、という言葉に託した気持ちが届いただろうか？

「先生が私のファン？　そんな……。ありがとうございます。もっともっとそう言ってくださる方を増やしたいです」

帝宝のスターになれば、それは必ず叶うはずだ。バレリーナより、実現可能な夢だ。

その夜、由美の心に再び渦巻く想いがあった。

幸子は迷いながらも、帝宝の女優になるだろう。それでいいのか？

短期間とは言え確かに指導した師であり、また同じ舞台芸術の世界に生きる先輩の立場で、彼女の今後の指針となる、率直なアドバイスをすべきだったのでは？

だが、幸子が選ぶ生きかたなら、ただ遠くから見守るしかない。自分にはお伽話の魔法使いと違って、彼女の運命を変える力はないのだから。

「スワン・バレエスクール」の、日常の業務に忙殺される日々の中、時に幸子のことが頭に浮かんだが、もはや彼女は、こちらの手を離れた存在だ。


それから一月ほどが流れ、残暑の中にも涼やかな秋の気配が漂い始めたその日。

スクールの玄関のベルが鳴った。日中などの生徒たちが訪ねてくる時間帯には、施錠せず自由に出入りしてもらっている。だからベルを押すのは、来客と考えられる。

ちょうどレッスンが終わった休憩時間だったので、由美みずからドアを開け迎えた。

「まあ、幸子さん！」

思いがけぬ顔が微笑んでいた。喫茶店で会って以来だが、あの日より明るい表情だ。

「今日は先生やここの皆様に、公演のお知らせに来ました。ちゃっかり宣伝しちゃいます」

と笑いつつ、バッグからビラらしき物の束を取り出す。

「あ、決まったのね。まあとにかく、入って」

応接室に招き入れながら、初めて彼女がスクールにやって来て、やはりここで向かい合った時のことが想い出された。あれからいろいろなことがあった……。

映画デビューはどんな作品なのだろう、と考え、ふと彼女が先ほど「公演」という言葉を使ったのを意識した。

椅子にかけた彼女がおもむろに示したビラに目をやり、思わずあっと叫んだ。

「劇団アミーゴ公演『別荘にて』 脚本演出、大谷伸也　出演……」

星川リサ、三木あかね、等の見覚えのある名前に続いて、後半のほうに光田幸の名があった。

「貴女?……」

「私、『アミーゴ』に、残ることにしました」

「そうなの」

良かった、と口にせずとも、その気持ちを込めたつもりだ。

「やっぱり、舞台が好きだし、『アミーゴ』が大好きなんです」

それに改めて気づきました、と語る幸子の瞳は、吹っ切れたように澄んでいる。

「今回の公演では私、出演決定が遅くなったんで小さな役ですけど、全力でやりますから、お時間があったらいらしてくださ い。大谷先生の脚本、すばらしいですよ」

「もちろん！　喜んで拝見するわ。楽しみよ」

由美の心を、清々しいものが満たした。よくオーディション等で新人が抜擢されることを「シンデレラ・ガール」と言うが、幸子はみずからの意志で、その幸運を棄てたのだ。だが、彼女は決して後悔したりしないだろう。そんな幸子の決意を喜ぶ、大谷氏や仲間たちの姿が目に浮かぶようだ。

大谷氏を語る時の幸子の輝く顔が意識された。彼と幸子はいわゆる恋愛関係ではあるまい。それは二人の接する態度を見ていてもわかる。だが、心から尊敬する大切な存在なのは確かだ。彼女にとって王子様の待つ王宮とは、「アミーゴ」の稽古場なのかもしれない。

――そして私の選んだ道は……。

由美はふと思う。王子との結婚は叶わなかったけれど、これはこれで、悔いのない半生だったと。

第六話

純雄と珠里

「本日はご多忙の中、ご来場いただき、誠にありがとうございます。間もなく第九回『スワン・バレエスクール』発表会を開演いたします。どうぞ皆様、生徒たちに温かい拍手をお願い申し上げます。最後までごゆっくりご鑑賞くださいませ」

舞台袖での開演アナウンスを終え、主宰者白浜由美は、後方の席に着いた。四十歳で現役のプリマとしての第一線を退き、自身のバレエ学校を開校して以来、幸い順調に、ほぼ年一度のペースで発表会を開いてきた。

これまでに『くるみ割り人形』や『ジゼル』等、名作大作を多少簡易化の上ハイライト上演した例もあるけれど、今年のように、いろいろな作品からヴァリアシオンやパ・ド・ドゥ等の短い踊りの数々を取り上げる、小品集を企画する場合のほうが多い。

そういう公演では生徒たちに踊りたい作品の希望を聞き、ある程度可能なら叶えている。特に上級クラスの子たちは大概そうしており、そのほうが本人たちのモチベーションも上がり、稽古に励んでくれるため、より良い結果を生む。

第一部は本日初舞台の年少クラスに始まり、子供中心だ。初心者たちの踊りは当然まだ未熟だが、それぞれ熱心だし、一生懸命レッスンを積み重ねてきた姿を見ているだけに、何とか無事踊り遂げてほしいと、祈る思いだ。稽古でよく間違えるシーンなどは、特にハラハラする。

第二部の高校生以上や成人たちになると、さすがに安心して観ていられるものの、それでも緊張しつつ、見守り続ける。四十九歳の現在まで独身で子供のいない由美にとって、すべての生徒たちは「我が子」と思える。

そして、第二部も後半。

次は高校二年生、木本珠里（きもとじゅり）の『ロミオとジュリエット』から、ジュリエットのヴァリアシオンだ。由美はここ半年ほどの、彼女とのレッスンや会話などに、想いを馳せた。

珠里は小学生の時からの生徒で、小柄で年齢よりも幼く見えるタイプである。性格もおっとりと控えめで、あまり舞台向きとは言えぬものの、練習熱心なため、同クラスの生徒たちの中では、優秀なほうだ。

それでもどこかおとなしく目立たぬ印象だった珠里が、高校に入ってから変わり始めた。従来の真面目で地道なだけでなく、さらに意欲的にバレエに取り組む姿勢が感じられるようになってきたのだ。

発表会で踊りたい作品についても、今までの彼女なら、

「何がいいかな？　先生に決めてもらいたいので、お任せします」

というふうに答えてきたのに、今回は違っていた。

「あの、できれば、ジュリエットのソロをやりたいけれど……」

多少おずおずとしたようすながら、はっきりとそう言うではないか。

「あ、プロコフィエフの『ロミオとジュリエット』の？」

「はい。あの、私には無理かしら？」

と、身体を縮める。

「ううん、大丈夫。貴女なら踊れるわよ。やってみましょう」

最近の彼女の急速な進歩には目を見張るものがあるし、初めて希望の役をリクエストしてきたのだから、望みを叶えてあげたかった。

「本当ですか！　ありがとうございます！」

『ロミオとジュリエット』は、同題のシェークスピアの有名戯曲をバレエ化した作品で、

粗筋はほぼ原作の舞台劇と同じだ。チャイコフスキー、ベルリオーズ等もこの物語に作曲しているが、バレエ音楽としてはプロコフィエフが一般的だ。

長年にわたり対立し諍(いさか)いを続けてきた、モンタギュー家とキャピュレット家。それぞれの家の息子ロミオと娘ジュリエットが、両家の敵対を超えて愛し合うが、やがて悲劇的な死を迎える……。そんなドラマチックなストーリーと相まって、なかなか見せ場の多い魅力的な作品である。

とは言え、バレエの世界では、『白鳥の湖』や『眠りの森の美女』『ジゼル』等屈指の名作に比べれば、人気、知名度共今一つだし、上演回数も多くない。事実生徒たちの中で、これらの名作を踊りたがる子は多いのに対し、ジュリエットを希望する例はほとんどなかった。

「どうしてジュリエットをやりたいの？　あ、ひょっとして、お名前がジュリだから？」

と、ふざけて問うと、

「うふふ、確かに学校でも、『ジュリエット』なんてニックネームで呼ばれたことはあるけど」

と笑うが、真顔になって続ける。

「でも、そうじゃないんです。この前クラスメイトの発表会でこれを観て、すばらしくて本当に感激しちゃって……。それで私も踊ってみたいな、なんて……」

「そうだったの。よそのスクールの公演とか、いろいろ観るのは勉強になるし、良いことよ」

世界的な超一流の舞踊家たちの至芸に接し、模範として目標にすることは当然プラスになるが、他のアマチュアの踊りからも、何かと学べるところは多い。

「私が今度ここの発表会に出るって話したら、観に来てくれるって言うんですよ」

「わあ、それじゃあ、しっかりがんばらなきゃね」

数箇月前のそんな珠里との会話が、脳裏によみがえった。

こうして今、舞台上でジュリエット役のヴァリアシオンを演じる彼女は、期待以上に見事な出来を示してくれた。自分からやりたいと言った演目だけに、この公演に向けて、真剣そのものの姿勢でレッスンに努めてきた成果が出て、確実に数段巧くなった。これなら今会場にいるはずの友だちに対しても、自信を持って観せられるだろう。

生徒たちのトリを務めるのは、早乙女沙夜と吉崎誠の、『ジゼル』二幕からのパ・ド・ドゥ。二人は以前の発表会で『ジゼル』一幕を演じ、いずれ二幕も踊ってみたい、と希望しており、それがついに実現し今日を迎えた。今や二人はスクール、ナンバーワンと言えるコンビで、共に由美が推薦した某バレエ団への入団が決まっている。「スワン」の舞台に立つのも今年が最後となろうが、こうして手塩にかけた教え子が、プロとして巣立ってくれるのは、やはり感動もひとしおだ。

だが、最後まで見届ける時間はなく、由美は楽屋へと急いだ。ここから先は、講師たちの模範演技の部だ。日頃アシスタントを務めてくれている渡部千尋らの試技の後、最後に由美みずからがステージに立つ。

今日自分が演じるのは、サン・サーンス作曲の『瀕死の白鳥』。出演者は一人のみの、わずか三分ほどの短い作品だが、古今東西のプリマたちによって、くり返し演じられてきた、名高いナンバーだ。

静かなチェロの調べに乗って、一羽の白鳥が湖を泳ぎ進む。白鳥は弱っている。羽を震わせ、時に大きくばたつかせ、必死に生きようともがくが、やがて力尽き死を迎える、という設定だ。バレエで白鳥と言えば、あまりにもチャイコフスキーの『白鳥の湖』が有名だけれど、この『瀕死の白鳥』も、珠玉の小品と言える。若手プリマが、『白鳥の湖』を学ぶ前に、鳥の動きの練習も兼ねて取り組む場合もあるけれど、熟練の年配が演じれば、また別の味わいが生まれる。由美もこれまで幾度か挑戦しており、その都度新たな発見が多く、シンプルで地味ながら、短い中、命のきらめきと厳粛な死が凝縮された、奥の深い名作だ。

もしも人間のような感情があるなら、今死にゆく白鳥は、何を想うのだろう？　そもそもまだ若い身に突然予期せず訪れる死なのか、或いは年老いて衰弱し、静かに最期を受け入れる姿か……。細かく明確に指定されているわけではないので、その辺は踊り手の解釈に委ねられる。由美自身、踊るたびに込める想いは微妙に異なるし、若い頃と現在では、表現も変わってきている。

腕を細かく痙攣（けいれん）させ、首を垂れ、ゆっくりと前屈みにくずおれる、最後のポーズをとった時、割れるような拍手が耳に響いた。だがしばし、その姿勢のままだった。身も心もしばらく白鳥でいたい。

ようやく立ち上がり、深く答礼する由美を、さらなる拍手が包んだ。確かに今数分間、自分は白鳥として生きた……。歓喜が全身にこみ上げてきた。

すべての演目は、つつがなく終了した。出演者たちの記念撮影も済んで皆をねぎらい、自身の更衣等を終えて出てくると、「先生!」と呼びかけられた。

「あ、珠里ちゃん!　すばらしかったわよ」

「ありがとうございます。先生のおかげで何とか踊れたみたい」

やはり私服に着替え長い髪を肩に流した彼女の、上気して輝く頬は、何とも愛らしい。

「あの、この前お話ししたクラスメイトの」

「えっ?」

珠里が指し示した横にたたずむ若い男に、思わず小さな声をあげた。話を聞いて以来、てっきり女生徒だとばかり思い込んでいたのだ。現在わが国では、バレエを習う男子は女子に比べ圧倒的に少ないから。この青年が?　思わず彼の顔を見つめ、再びさらに息を呑んだ。

似ている、あの人に。まさか……。

「クロカワスミオさんです」

——クロカワ?　黒川!

「あ、初めまして。白浜由美です。今日はいらしていただけて、嬉しいですわ」

意識して自然に柔らかく微笑んだつもりなのに、どこかぎごちなくなってしまった。

黒川真治。三十歳頃まで由美が組み続けた、生涯最高のバレエのパートナーであり、唯一人愛した男性。真剣に結婚も考えたが、別れざるを得なかった。その忘れ得ぬ相手によく似た面ざしの、しかも同じ名字の若者を目の前に、由美の胸は激しく波立った。もしや……。

「こちらこそ、すばらしいステージを拝見できて、本当に感動しました」

真っ直ぐに見つめて語るようすには、社交辞令ではなさそうな、真実味が感じられた。

「黒川さんも、バレエをなさっているのですってね。珠里さんから伺いました。あの、もしかして、黒川……真治さんとご関係が？」

口にしてしまった！　瞬間、後悔と怖れに近い想いが胸を走ったけれど、どうしても確かめずにはいられなかった。

「はい。……あの、真治の息子です」

と答えた純雄が、微かに眉をひそめたと感じたのは、気のせいか？

やはりそうか……。真治は自分とのパートナーを解消した後、若手のプリマたち何人かと組み、やがてそのうちの一人と結婚。男の子が生まれたと聞いている。珠里の同級生なら十六、七歳。もうこんな歳になっていたのか……。

「そう。黒川さんのご子息なの。懐かしいわ。あの、もし良かったら、この後お茶でもしませんか?」

純雄、という息子が、父親の口からどのように由美について聞かされているか、またどの程度二人の関係を知っているかはわからぬが、思いきってそう切り出してみた。型通りの挨拶だけでこのまま別れてしまうのは、あまりにも忍びない。

純雄は一瞬、迷うような表情を浮かべた後、

「そうですね。僕も、白浜先生とは一度お話ししてみたい、と思っていましたから」

と、案外親しみやすい笑顔で応えてくれた。

「それじゃあ、すぐ前の喫茶店『ルーブル』ででも……、私はまだ用があるから、悪いけど一足先に行っててくれる?」

ということに決まり、由美は一人残った。

楽屋や舞台の後始末の点検、劇場関係者への挨拶等を終え、約束の「ルーブル」の扉を開けると、二人は何か熱心に話し込んでいるようすだった。

「お待たせしてごめんなさいね」

由美が座りカプチーノを注文すると、純雄が、

「先生の白鳥、圧倒されました。今その話をしていたところです」

と語りかけてきた。

「そう？　ありがとう。『瀕死の白鳥』を舞台で演じたのはずいぶん久しぶりだけれど、あれは踊るたびに特別な難しさを感じるわ」

この場合の「難しさ」とは、テクニック的な面での難易度ではない。むしろ振付けそのものは特に高難度の技もなく、簡単なほうだ。だが、だからこそそこに込める表現、演技力、解釈の深さによって差が出る、踊り手の真の力量が問われる作品とも言えよう。

あの黒川真治の息子で、自身もかなりの踊り手らしい純雄には、そうした説明は不要だろうが。

「先生の白鳥は、死んでゆく場面なのに、肉体的な苦痛とか、例えば傷を負っている痛み等は強調せず、何と言うか、もっと静寂の中の穏やかな死、神秘的で厳かなものが満ちていました。生も死も、等しく神聖である、と……」

純雄の言葉に、由美はハッと息を呑んだ。自分が漠然と心に描いた「瀕死の白鳥」の姿を、見事に言葉にしてくれたセンスには、やはりただ者ではないと感じさせられた。

「嬉しいわ。そういうふうに観ていただけて……。若い頃は、もっと白鳥の肉体的衰弱、特に怪我とかで傷ついて弱ってゆくその感じを、どう表現しようか、気を配ったわ」

もっともっと、リアルに死に瀕した姿を演じたい。細かい動きまで身につけたい、と必死に研究した。実際の白鳥を観察したり、鳥に詳しい獣医に話を聞いたりもしたものだ。それはそれで、有意義なアプローチだったとは思うが。

「でも今は、もっと精神的な面も表したいなと……。もちろん、白鳥が人間と同じように死について考える、なんてあり得ないだろうけれど、野生動物の本能として、みずからの死は悟ると思うのね。そんな最期を描きたいの」

今まで弟子たちにも語らなかったこうした想いを、初対面の青年に話していることが何か奇妙だが、何故か自然でもあった。

「わかります。僕もこの前ロミオ役を踊ったけれど、やはり愛の表現と同時に、死のシーンも大切だな、と……。とにかく先生の『瀕死……』を観られて良かった」

「もう、さっきから黒川さんは、先生のことを絶賛してばかりなんですよ」

珠里の発した「黒川」という名字に再び、純雄が真治の息子であることを意識させられた。

「いや、木本もすばらしかったよ。何よりもキャラクターがジュリエットぴったりだし、テクニックも完璧だった。特にアラベスク（片足で爪立ちし、もう一方の足を後ろに大きく跳ね上げて静止するポーズ）のバランスなんて、文句のつけようがなく見事だった。あっ……」

と、こちらを見てちょっと言葉を切ったのは、由美という大ベテランを前にして、偉そうに意見を述べたことを、まずいと感じたのだろうか？　だが当の由美は、ますます純雄の鑑賞眼にうならされる思いだった。今彼が口にした指摘は、こちらが見る珠里の長所そのものだったから。

「今回ジュリエットを選んだのは、彼女自身の希望だったのだけど、それは貴方がたの公演を観て、感激したからだって言ってたわ。すばらしかったそうね」

「先生……」

珠里はちょっと困ったように口を尖らせたが、すぐに、

「そうなんですよ！　本当に凄かったんです！」

と、興奮をよみがえらせたようすで叫ぶ。

「それじゃあ、私も観れば良かったな」

「そうですね。由美先生にもぜひ」

「あの……公演のＤＶＤあるけど、もし良かったら……」

と、純雄がぼそりと切り出した。

「えっ、そう？　よろしいの？　ぜひ貸していただきたいわ」

考えてみれば、「スワン・バレエスクール」でも、発表会のようすはＤＶＤ等映像に記録し、生徒たち希望者には実費で販売している。自身の踊りを直接観ることが不可能なバレエにおいて、客観的に映像で振り返れるのはとても良い勉強になるし、大切な晴れ姿の記録、想い出としても喜ばれるようだ。

「じゃあ、今度持ってきます。木本に渡してもいいし。あ、黒川真治も……親父も出てますよ、ロレンス神父役で」

「えっ！」

自分の父親の名を、あえてフルネームで口にした純雄の言葉に、心臓がドキリと鳴った。黒川真治も、もう五十四歳。由美より後年まで長く活躍していたけれど、さすがにここ数年は第一線からは退き、専ら後進の育成や新作の創作、演出等を活動の中心に移している。

二人がパートナーを解消し別れてからも、同じバレエ界に身を置く者同士、幾度か顔を合わせる機会はあったし、また舞台を観に行ったりもした。

だがこの五年ほどはほとんど会っておらず、最近の彼の踊りは目にしていない。はたして彼はどう変わったか？　或いは今も由美の脳裏に輝く、あの頃のままだろうか……。

「そう。ますます拝見したいわ。楽しみだわ」

できるだけ、さらりと応える。

「黒川講師も、白浜先生と同じように、研究所の発表会には大概出演しています」

今度は「黒川講師」と呼ぶ。純雄は父、真治に何か屈折した複雑な感情を抱いているのか？

「黒川さんは、どんな先生？」

こちらもあえて「お父様」と言わず、そう尋ねてようすをうかがう。

「そうだなあ……。まあ、指導者としても、一流と言えるのでしょうね」

どこか客観的に、突き放したような返答だ。

「僕は子供の頃からバレエのレッスンを始めたけど、強制的に嫌々やらされたという記憶は、まずないな。息子に過度に期待するでもなく、あくまでこっちの自主的な意思に任せてくれて、むしろ逆に、辞めたければ無理せず、いつでも辞めていいんだよ、と」

黒川真治の相手役として、共に日夜激しいレッスンに励んだ遠い時代が想い出される。自身に対し厳しくストイックな鍛錬を課す彼は、由美にも妥協せず、より高いレベルを求めた。時には辛く苦しくもあったが、そんな彼の要求に応えたい、と必死でついていった。だからこそ、自分は舞踊家として成長し、ここまで来られたのだ……。

当時のそんな真治と、今の純雄の言葉からうかがわれる講師像は、一見矛盾するようにも思われるが、その根本を貫くものは同じと言えよう。バレエを究めるにはやはり、本人の熱意とやる気に基づいた、たゆまぬ努力が不可欠だ。たとえ息子といえども、覚悟をもってみずから取り組む意志のない者に教えても実りはない、と。

「もしも無理強いされたら、とっくに反発して辞めてたかもしれないけど、黒川講師がそういうスタンスだったんで、逆にこっちとしては、真剣に取り組まざるを得ないですよね。まあある意味、彼の策略に乗せられた、とも言えるかな」

と、少し口を歪(ゆが)めて笑う。もしもそこまで計算しての指導法なら、真治もなかなかの策士だが、彼ならあり得るかもしれない。

「でもとにかく、世界的な超一流のダンサーがお父様で、直接指導を受けられるなんて、もの凄く幸せよね。羨ましいな」

それまで黙って聞き入っていた珠里が、羨望をこめたようすで口にした。

「いや、それが嫌なんだよ」

純雄のやや不機嫌なようすに、珠里は小さく「あ、ごめん」とつぶやく。

「木本が悪いんじゃないよ。君に限らず、よくそういうふうに言われるよ。確かに恵まれてはいるけど、僕が普通に努力して練習しても、お父さんの血を引いてるから、とか、直接指導を受けられる環境だから巧くなって当たり前、とか、そんな見かたをされる」

純雄はさらに顔をしかめて続けた。

「なお腹が立つのは、公演で目立つ役をもらったり、コンクールで良い成績を収めても、依怙贔屓（えこひいき）や親父の七光り扱いされることも、珍しくない」

「それは酷いわね」

珠里も今度は、純雄の境遇に同情したらしい。

「それで私に、『息子だって白浜先生に言うなよ』って言ったのね」

「そうだよ。だからバレエ関係者には、極力親子だと知られずに、純雄個人として接し、僕の踊りを見て、評価してもらいたいんだ」

父親のことを「黒川真治」や「黒川講師」と言った理由もうなずけた。

「だけど、先生にはすぐにばれちゃったけどな」

と、ちょっと肩を竦めて笑ったようすは、意外と無邪気で少年っぽい。

「木本君とは、バレエに取り組んでいる者同士として、いろいろ話すようになったけど、彼女の習っている先生が、黒川講師の元パートナーだと聞いて、凄く驚きました。それで改めて二人の映像を幾つか観て、本当にすばらしい、と心打たれて……。もう白浜さんは第一線の舞台からは引退されたようだけど、一度生で観たかったなと。そう思っていたところ、木本たちの発表会で踊るというので、ならぜひ、と」

「ほら、やっぱり由美先生が目当てだったんじゃないの」

と、珠里が頰をふくらませ、純雄も「ばれたか」とおどけて舌を出す。

「でも本当に、お世辞じゃなく、木本のジュリエットは良かった。僕が会で踊った相手役とはまた別のイメージで、新鮮で……。木本のジュリエットなら、僕のロミオもきっと違った表現ができる、新たな世界が拡がるだろうと。一度、木本と組んで踊ってみたくなったよ」

「えっ、本当？　お世辞でも嬉しいわ。純雄君と組んで踊れたら最高！」

珠里の声が跳ね上がった。どうやら彼女にとって純雄は、ボーイフレンドである以上に、理想の踊り手として憧れの存在らしい。遠い日、黒川真治を見つめた自分のように……。

三人の話は、尽きることなく続いた。

もっともっと話していたいような想いを残しつつも、店を後にした由美の胸は、熱い興奮に波打っていた。スクールの主宰者として、発表会の日はやはりつつがなく成功するか、最後まで緊張するし、久々に自身がステージに立った高揚感も、未だ全身を包み込む。

それに今回は、何より黒川純雄に出会って、忘れ得ぬ人についての話題も出た。今日の自分の踊りは我ながら満足のゆくものだったと言える。あれなら真治の息子、純雄に観られても恥ずかしくない出来と思う。

さらに、胸が高ぶるのは、純雄が自分たちの発表会の映像を、観せてくれると言ったから。

――黒川真治も、親父も出ていますよ、ロレンス神父役で。

ロレンス神父は、中年というよりもむしろ初老と思われる、ロミオの人生の師でもある存在で、善良な彼は、モンタギュー家とキャピュレット家の長きにわたる諍いに、心を痛めていた。ロミオから、敵方の娘と愛し合っているとうちあけられた彼は、それが両家の和解をもたらすなら、と二人の恋の成就に力を貸そうとする。だがその行為が、運命の悪戯で思いがけぬ悲劇を生んでしまう、物語のキー・ロールとも言える大事な役だ。

全盛期の真治は、ロミオ役でも高い評価を得ていたが、今はロレンス役とは……。しかも、若き日の彼に生き写しの息子、純雄と同じ舞台で……。由美にも真治にも流れた歳月の長さを思う。

——今夜はなかなか眠れそうもないわね。

由美は心につぶやいた。

翌日、スクールでレッスン開始の準備をしていた時、電話が鳴った。

「はい、スワン・バレエスクールでございます」

いつもはアシスタントの子が先に出てくれるが、今日は近くにいたので由美が直接受話器を取る。

「あ、由美さん？　久しぶり。黒川です」

心臓がドキリと鳴った。真治の声だ。

「真治さん?……本当にお久しぶり」

「昨日は、息子が厄介になったそうで……」

記憶にある彼らしくない、どこかぼそりとした、ぎごちなさを含んだ口調だ。

「こちらこそ、ご子息様にいらしていただけて……」

一瞬流れる沈黙が重い。

「君の近況を耳にして、何だか声を聞きたくなってね」

何と応じるべきだろう? 相手の小さな咳払いが響き、

「ところで、我々の発表会の映像を観てくれるんだって?」

「ええ、そうなの。昨日その話になって、純雄さんに、ぜひ観せてってお願いしたの」

用事らしい内容の話題が出て、ほっとして応える。

「息子からお宅の生徒さんに渡せば、とも思ったが、今日後でちょうど、君のスクールの近くに行く用事があるので、ちょっと届けてもいいかな?」

「えっ? 貴方が?」

思わず叫んでしまった。

「だめかな?」

「いえ、だめだなんてそんな……。あの、何時頃？」

「そうだな、あ、君のほうの都合の良い時間は？」

「そうね……。四時半はどうかしら？　半端だけど」

ちょうどその時間なら午後のレッスンが終わって一休憩し、夜間のクラスが始まるまで間が空くのだ。

「四時半ねえ。いいよ。どこに行こうか？」

「うーん、じゃあ、S駅ビル二階に『ライン』って喫茶店があるんだけど、そこはどうかしら？　すぐわかると思うわ」

スクールの最寄駅にある駅ビルの中で、来客の際などに時々利用する馴染みの店だ。

「わかった。『ライン』だね。四時半に行くよ」

いつの間にか話は決まり、電話は切られてしまった。

由美は小さく息をついて、今の出来事を振り返った。未だどこか現実とは信じ難く、夢か空想の世界の感覚すらある。数時間後には、あの真治と会うのだ。心の準備ができていない。

今はレッスン着のレオタード姿だけれど、今日着てきた服は？　ロッカーに吊ってある渋めのピンクの丸首セーターと、グレーのストライプのロングスカートを思い出す。今日真治と会うとわかっていたなら、もっと慎重に選んだのに……。

「ま、お気に入りだし、いいか」

と、自身に言い聞かせるようにつぶやく。

それにしても、ちょうど付近に来る用事があるから、ということだったのに、由美のほうに時間を選ばせ、こちらの指定どおりで良いと言った。よく考えるともしかしたら、近くに行くついでに、と言ったのは方便かもしれない。

その後はレッスンの間中、真治と会う約束が、心の片隅から離れなかった。

四時までのクラスが終わり、由美は私服に着替えてS駅へと向かった。むろん髪やメイクを急いで、しかし念入りに整え直したことは、言うまでもない。

「ライン」に入り中を見渡す。すぐに黒川真治を見つけた。同時に彼のほうも気づいたらしく、こちらに軽く手を挙げる。

近づくと「やあ」と声をかけてきた。まるで毎日会っている相手であるかのような、自然な態度。こちらはかなり身構えてきたというのに……。何か拍子抜けしながらも、少しほっとして微笑む。

「久しぶりだな。まあ、座れよ」

前の席を示す。

「僕はもう注文済ませたから、君もどうぞ」

昔と同じ「君」という呼びかたが懐かしい。あの頃と変わらぬ声のトーンだ。

「カプチーノと、モンブランかい？」

と、こちらの顔を見てにやりと笑う。悔しいがまさにそのつもりだった。十代後半から体型維持のため、甘い物はあまり口にしない習慣を続けてきたが、モンブランだけは例外としてやめられない。五十を目前にした今も大好物だ。幾らかからかうような真治の態度が癪(しゃく)なので、わざと別のものにしてやろうかとも一瞬考えたが、多少開き直る気持ちで、彼の言ったとおりの品を、ウェイトレスに告げた。

「貴方はエスプレッソと、苺(いちご)のタルトでしょ？」

こちらも負けずにやっつけたつもりだが、

「やあ、僕の好みを覚えていてくれたなんて、感激だな」

と、軽くいなされてしまった。

「まあ、記憶力は良いほうだと思うわ」

真治の好み、癖、笑顔。彼とひたすら、理想のバレエを目指して励んだレッスンの日々、共に踊ったステージの数々、腕の感触、愛の囁き。そして……。

今もあまりにも強く焼き付いている。もう二十年も前の、消え去った遠い過去として封印してきたはずなのに、彼を目の前に、すべては鮮烈によみがえり、瞬時に昔に戻ってしまう。

改めて真治を見つめる。焦げ茶色のタートルネックのセーターに、やはり茶系のチェックのジャケットがよく似合う。相変わらずダンディーだ。確かに五十代半ばを迎えた男の、それなりに年齢を感じさせる変化はあるものの、目元の彫りが深く、鼻が高い西洋的な顔立ちの美男ぶりは、今も若い頃のままだ。むしろ、端整な甘いマスクの上に、燻(いぶ)し銀の魅力まで加わってきたと言えよう。今さらながら、彼の輝きに圧倒されそうだ。

「何年ぶりかしら?」

昨日思いがけず、真治の息子だという黒川純雄に会い喫茶店に入ったが、続けて今日はこうして真治その人と、やはりカフェで向かい合っている。何とも不思議な気分だった。

「えーと、Tホテルでの、国際バレエフェスティバルのレセプション以来だから」

「そうね、あれは確か五年前だったわね」

「五年ぶりかぁ……。君は今も元気そうで、変わってないんで安心したよ。相変わらず、きれいだ」

こちらに注がれるまなざしが熱い。

「あら私、ずいぶん老けたと思うけど、お世辞でもそう言ってもらえると嬉しいわ」

できる限りさらりと返したつもりだが……。

「お世辞じゃないさ。バレエもますます円熟の境地らしいな。純雄が『瀕死の白鳥』を絶賛していた。また、優秀な若手を育てているようで、話を聞いて僕も観に行けば良かったと思ったよ」

「じゃあ、次はぜひいらしてよ。なかなか有望な子たちが多いのよ」

純雄が珠里の踊りを褒めていたことが想い出される。

「おっと、まず先に、これを渡してしまおう」

と、平たい包みをさし出してくる。

「あ、DVDね。ありがとう。『ロミオとジュリエット』ですって?」

「そうなんだ。今回は、小品集ではなく、『ロミオ……』を取り上げてみたんだけれど、まあ、成功だったと思うな」

その口ぶりや表情に、自信の程がうかがわれた。

「純雄さんの踊り、凄かったって、うちの生徒が言ってたわ。それに貴方も出ているそうね。じっくり拝見するわね。しばらくお借りしてもよろしいかしら？」

「いや、貸すんじゃなくて、さし上げるさ。その代わり……」

そこで真治は、意味ありげにちょっと笑った。

「君たちの昨日の公演の映像をもらいたいな。作るんだろ？　ＤＶＤとか」

「ええ、もちろん。毎公演、記録は撮ってるわ。まだできるまで日がかかるけど、いずれお届けするわね」

真治に観られると思うと少々怖いが、今の自分としては完璧に踊れたので、良しとしよう。

「いつでもいいから。楽しみに待っているよ」

昔のままの笑顔だ。

「お互い、若手たちを育成する立場になったな……」

少ししんみりした調子で言う。

「そうね。ロイヤルで踊ってた頃は、将来バレエ教室を開こうなんて、考えもしなかったのに」

「僕もだ。まあ、実際を考えれば、一生踊り続けられるわけじゃないし、将来的にはこういう道が一番手堅い生きかただと、理屈では考えても、あの頃は全く現実味がなかったな」

「最初は、私にできるのか、私は指導者なんて向いてないのではって、自信なかったけれど、最近教えること、生徒たちの成長を見守ることの楽しさがわかってきたわ。今はスクールが一番大切。みんな本当にかわいいの」

珠里や早乙女沙夜など、生徒たちの顔が浮かぶ。辞めていった者、プロの世界へ巣立つ者など、由美の手を離れて飛び立った雛（ひな）たちも、皆大切な教え子であることに変わりはない。

「貴方の場合、実のお子さんが跡を継いでくれそうで、何よりね。羨ましいわ」

自分も、その幸せを手にできたかもしれなかった……。

「いや、あいつは本気でプロを目指すつもりかどうかわからんし、モノになるかもまだまだだ。親子で師弟関係というのは、実際難しいよ」

純雄が真治との関係について語った言葉がよみがえる。

「奥様はどうお考えなの？」

ついに口にしてしまった。胸の奥に引っかかっていた、彼の妻道代の存在。こんな時、できれば考えたくはないのだが……。

道代は、真治が由美とパートナーを解消した後、短期間組んでいた相手だ。やがて彼と結婚と同時に引退、家庭に入って今に至る。由美はバレリーナ時代の道代と会ったことはなく、バレエ関係者のパーティー等で、夫婦同伴で出席した際に紹介され、二、三度挨拶した程度だ。もともと自分たちが別れてから現れた存在なので、こちらが恨む筋合いはないが……。

「家内も、純雄自身の意志を尊重する姿勢のようだよ。まあ、無理強いしたって、良い結果にはならないからね」

——貴方は私に、バレエを辞めてくれと言ったわ。でも、私はバレエを棄てられなかった……。

ふと、胸に刺さったままの棘が疼く。

「純雄さんは、理解のあるご両親で幸せね。とにかく、映像を観せていただくわ」

「ああ。純雄の踊りに対する、君の率直な意見を聴かせてほしいな」

モンブランと苺のタルトを楽しみ、時計を見ると、いつの間にか針が進んでいた。

「そろそろ私、夜のレッスンの準備に戻らなければ……」

「そうかい、名残惜しいな。短い時間だったけど、今日は本当に、会えて嬉しかった」

「私もよ。じゃあ、またね。今日はありがとう」

あっさり始まった五年ぶりの出会いは、別れる時も何の構えもなく、ごく自然でありたい。店を出て、笑顔でさようならの手を振った後は、あえて振り返らなかった。

久々に真治と会ったのだから、もっともっと話すべき何かがあったのでは？　聞きたいこともろくに聞けなかった気がする。だが、これで良かったと思いたい。受け取った包みを大切に胸に抱えた。

翌日の夜はレッスンがなく、早く帰宅した由美は、テレビの前に腰を据えた。

そのＤＶＤは、ジャケットの作りや、画面内のタイトルのレイアウト、目次の出かたなど、すべてが完璧で、市販の製品に何の遜色もない立派なプロ仕様の品だった。これに比べると「スワン……」のものは、どうしても素人の手作り風に見えてしまう。早くも彼我の差を見せつけられた思いがした。

気を取り直し、本編をスタートさせる。たちまちバレエの舞台に、否、中世の都市ヴェローナの世界へと惹き込まれていった。

ロミオ役の純雄が登場する。素顔で会った時と雰囲気が違うのは、役になりきっているからだろう。が、それ以上に、舞台の上で一際輝く、天性のダンサーなのだ。父、黒川真治がそうであったように……。

木本珠里が絶賛していただけあって、純雄のダンス・テクニックは素人のレベルを超越した、高度で完璧なものだった。プロの世界で通用するかどうかわからない、と真治は評していたが、それは身内ゆえの辛めの採点と言えよう。何より純雄には、主演ダンサーに必要な「華」がある。この「華」は、努力や訓練で身につくものではない。生まれ持った一種の素質と言える。

そしてジュリエット役の永井晴香。バレリーナとしてはやや太めの、大柄な身体つきの彼女は、セクシーな雰囲気の子だ。おそらく珠里と同い年くらいだろうが、とてもそうは見えない大人の女の魅力がある。踊りの質そのものも違うが、それぞれ巧さにおいては、甲乙つけ難いレベルだ。

晴香が勝れたダンサーであるのは、最初の数分だけで一目でわかった。と同時に彼女のジュリエットを観たため、かえって改めて木本珠里の良さも再認識できた。珠里は一見して人目を惹く派手さや、ダイナミックさには乏しいが、全体に無垢な清らかさと奥ゆかしい気品を醸し出す。それも立派な個性、持ち味ではないか。幼い頃からずっと長年観続けてきたゆえ、かえってその美点に気づかなかったのかもしれない。由美は師としての、みずからの不明を恥じる思いだった。

やがて、真治のロレンス神父が登場。画面に食い入りながら、心臓がドクドクと高鳴り始める。

数年ぶりで目にした彼の舞台姿は、全く衰えていなかった。彼は存在感をしっかりと示しながらも、ここでは主演二人を支える、控えめな演技に徹しているように見受けられた。

若い頃の真治はこうではなかった、と由美は思う。かつての彼は、どんな時でも誰よりも輝き、常にスターであった。彼が今も、今回の全出演者の中で、段違いの技巧を有していることは明らかだ。そんな彼があえて、引き立て役を演じる。それが若い息子たちへの期待と愛情の強さを感じさせると同時に、彼が人間的にも一回り大成した証のようにも、ふと思われた。

終わった後も由美はしばし茫然（ぼうぜん）と、今観たバレエの世界に浸っていた。素人を中心とした発表会であるのを忘れさせる、水準の高い見事な舞台に、酔わされてしまったのだ。

――木本のジュリエットなら、僕のロミオもきっと違った表現ができる、新たな世界が拡がるだろう。

そう真剣なまなざしで語った、純雄の言葉がふとよみがえる。同時に、純雄なら珠里の未知の美点を花開かせてくれる気がする。由美自身も、一度二人のパ・ド・ドゥを観てみたい。そんな想いにかられた。

真治にはとりあえず丁寧な感想の手紙を書き、改めてこちらのほうの映像が出来次第渡す約束をした。その時また会えることを心密かに楽しみにしても、それは罪ではないだろう。

発表会が無事終わり、「スワン……」は新たなスタートを迎えた。しばらくは基本レッスン中心の通常カリキュラムに戻るし、またこの時期にはある程度の入退会者が出る場合が多い。発表会を目指しがんばってきて、これを節目にスクールを去る者、また、出演者の友だちなどで、舞台を観て自分も習いたくなった、と入門を希望してくる子も珍しくないのだ。

出会いも別れも一つの宿命(さだめ)として、そのまま受け止めよう、と思いつつ、去られて痛手や寂しさを拭えぬ場合もあった。ずば抜けた才能に期待を寄せていたのに、結婚のため辞めていった清水ひかり。もともと期限付きとは言え、真剣に対峙し教えたフィギュアスケーターの羽根田翔。劇団『アミーゴ』の女優、灰田幸子。そして、「スワン……」を巣立ちプロになることが決まっている、早乙女沙夜と吉崎誠……。誰のことも、一生忘れないだろう。

だが今は、過去への感傷に浸るより、珠里をはじめ現在の生徒たちのこれからを考えよう。

ところが一箇月ほど経った頃、その珠里のようすがおかしくなった。今までどおり、否、今まで以上に真剣にレッスンにうち込んでいるし、あのジュリエット役を経て、一段と上達した姿は頼もしくさえあった。けれど、ふとした瞬間に見せる表情に、深い苦悩のようなものが見られる。何か大きな難問を抱えているのだろうか？　自分はあくまでバレエ講師であり、生徒たち一人一人の身の上相談に応じられる立場ではないが、少しでも彼女たちの支えになりたい。常にそうした気持ちは強い。

「どうしたの？　何かあったの？」

クラスが終わり皆が帰って行っても、何故か更衣室を出た辺りで留まっている珠里の姿が目に入った。

「先生……、あの……」

と、こちらを大きな瞳で見つめてくるが、なかなか次の言葉が続かない。

「何？　私で良ければ相談に乗るわよ」

今夜はこれが最終なので、アシスタントの渡部千尋にも先に帰ってもらい、二人きりになった後、珠里をスクール内の応接室に誘った。

「どこかお店に行ってもいいけど、ここのほうがおちついて話せるでしょ？」

と、手ずからインスタント・コーヒーを淹れてさし出す。

「あ、先生にやってもらっちゃって、すみません」

と、恐縮しながらも笑顔を見せたので、由美もややほっとする思いで向かい合った。

それでもなお言いだしかねるようすなのを、辛抱強く待つ。

「……この前の黒川純雄君が私に、自分のＳＫスタジオのスクールに来ないかって……」

「えっ！　ＳＫに？」と思わず叫んでしまった。

「はい、実は……」

きまり悪げに語り始めた珠里の説明によると、純雄がこれまで毎公演パートナーとして組んでいた永井晴香が、バレエを辞めSKスタジオを退会することになった。

「それで、純雄君のパートナーがいなくなっちゃうので、私と組みたい、と言いだして……」

珠里の面を、困惑と喜びが交錯するのが見えた。

「まあ……。SKには、他に相手役の候補はいないの？」

発表会の映像を観ても、かなりの大所帯のようすだし、純雄と釣り合いそうな巧い女の子も、複数名はいそうなものだが？

「それが、なかなか見つからないらしいです。技術は高くてもフィーリングが合わなかったり、もうカップルの相手が決まってたりで……。あ、だけど、彼も無理にとは言ってません。私には『スワン』の白浜先生がいるし、じっくり考えて決めてくれって」

主宰者黒川真治の息子の立場なら、スクール内で組む相手の指名など、より取り見取りだろうが、そうした権力の乱用を潔しとしないのは、いかにもあの純雄らしい。

「そうなの……。それで、貴女の気持ちは？」

珠里は困ったようにうつむいた。

「私、どうしたらいいのか……。純雄君がせっかくそう言ってくれてるのだから、一緒に踊りたい気持ちは強いけど、私、『スワン』が大好きで、もっともっと白浜先生に習いたいし……」

彼女の素直な告白に、由美は苦笑しつつもうなずいた。

「わかるわ。純雄さんが貴女にとって、特別に大切な存在なのは……」

「大切って、別に、恋人とかじゃないけど……」

真顔で否定するところが、かえって彼女の純雄への思慕を物語る。

「ならとにかく、一度ＳＫに体験レッスンに行ってみたら？　純雄さんと実際に組んで踊ってみてから、結論を出せばいいと思うけど？」

「そうします！　今度、純雄君の都合も聞いてみます」

珠里の面がパッと輝いたと見えたのは、気のせいではあるまい。やはり彼女の心は望んでいるのだ。

――それにしても……。

珠里が帰ってから、由美は改めて小さく嘆息しつつ思った。他のスクールは、いわゆる企業の同業他社と同じく、ライバルであり言わば敵方でもある。芸能人やスポーツ選手等が所属団体を移籍する際には、いろいろ確執が生じたり禍根を残す例も多いと聞く。普通このような計画は、もっと念入りに、ある程度まで水面下で秘密裏に進めるのが、大人のやりかただろう。それをこんなあっけらかんと明けっ広げに、直接由美に相談してくるとは……。純粋で正直すぎるのか、義理人情や恩のしがらみに縛られず自分の望む主張をする、現代っ子気質なのか……。

純雄のバレエを観て、珠里が踊り手としての彼に惚れ込んだ気持ちは理解できた。また、女性に比べ圧倒的に数の少ない有望な男子生徒は、「スワン……」としても欲しいところだ。いっそのこと、純雄にこちらに来てもらえれば解決、と思うが、黒川真治の息子となれば、結局そうもいかないだろう。

一週間ほど経ち、珠里がＳＫに試しレッスンに行く日が決まった、と知らせてきた。さて、自分はどういう態度をとるべきか？　由美としては相手があの黒川真治の所なだけに、慎重にならざるを得ない。やはり初回はついて行って礼儀を通そうか？　それともあくまで珠里個人の問題として、こちらはタッチせずにおくほうがいいのか……。悩んだ末、「よろしく頼みます」というような一筆を書いて、珠里に持たせることにした。

「どうだった？」

その翌レッスン日、珠里の顔を見るなり尋ねた。

「やっぱり純雄君、とてもすてきです！」

そうキラキラ輝く瞳で口にした後、

「あ、もちろん踊り手としてですけど」

と慌てた感じで付け加える。

「彼と組むと凄く踊りやすいし、何かしっくりくるって言うのか……。サポートもとても上手で、安心して任せられる感じです。こんなに楽々踊れたのは初めて！」

その感覚は、ダンサーである由美にはよく理解できた。ペアを組んで踊る相手とは、まずそれぞれの身長差等のバランスも大切だし、二人のテクニックにあまり落差があっても、良い演技は成り立たない。目標とするバレエのスタイル、作品や役柄の解釈にも一致が必要な上、人間として性格の相性もある。レベルの高い踊り手同士が組んだからと言って、理想のコンビになれるわけではないのだ。むろん一方が気に入っても他方がだめ、という「片想い」でも巧くいかない。このように考えると、生涯の伴侶を選ぶのと同様、バレエのパートナーとの出会いも、奇蹟に近い巡り合わせと言えよう。

――真治は私にとって、唯一無二のパートナーだった……。

今さらながらその想いがこみあげてくる。

「あの黒川真治先生にも、直接教えていただけたんですよ」

「そう。そうだったの。それは良かったわね。どんな感じ？」

微かに胸がざわめいた。

「とにかく、とても緊張しました。言われたことを必死に吸収しようと、夢中になって踊るのが精一杯で」

自分もかつて、真治の理想とするバレエを目指して、全力で彼についていった。

「今度私、黒川真治さんに会う用事があるから、その時お礼言っておくわね」

「はい！　お願いします」

ぺこりと頭を下げる珠里には、全く悪びれたようすもない。

その数日後、由美は再びカフェで真治と向かい合った。公演のＤＶＤを渡すのが第一の理由だが、数年間連絡が途絶えていた彼と、まさか一箇月余りで二度も会うことになろうとは……。これも珠里と純雄の、不思議な縁のおかげか……。

「やあ、ありがとう。純雄が褒めちぎっていた君の『瀕死の白鳥』、楽しみだよ」

由美が渡したＤＶＤを大事そうに受け取り、鞄にしまい、改めて顔を上げる。

「木本珠里君、なかなかいいね」

真治がずばり本題に触れる、というようすで切り出した。

「そうでしょ？　今、我がスクールで一番有望な一人なの」

想いをこめてはっきり口にする。

「直接指導してくださったそうね。珠里、凄く感激していたわ」

「いや、こちらこそ、教え甲斐のあるレッスンだったよ」

笑みを浮かべる。

「それで、貴方の率直な評価はいかがなの？　もう少し、詳しく伺いたいわ」

由美の言葉に、真治のまなざしが真剣な光を帯びた。彼がバレエに正面から対峙する時の表情だ。

「そうだな。正直、現在はまだ技術的に未熟だし、プロ予備軍としても今一歩だ。だが、彼女には稀有の美がある。古典バレエのプリマとして必要な優雅さ、品格というか……」

ハッと胸を突かれる思いがした。少女の頃に出会って以来、十年近く教え続けてきて、つい最近改めて気づいた珠里の長所。それを真治は、わずか一日にして見抜いたのだ。

「君に似ている」

「えっ？」

「純雄と踊っている木本君を観て、昔の君を想い出した」

じっと見つめてくる瞳に、息苦しさを覚えた。だが、それは甘美な歓喜に近い苦痛だった。

「率直に言おう。木本君をこちらに欲しい。純雄がすっかり気に入ってしまって、彼女と組みたいと言いだしてね。それでこの際、親馬鹿を承知で、僕からも彼女の師匠である君に、こうして会えたついでにお願いしておこうと思って。まあ、いずれ倅（せがれ）本人からも、挨拶に伺うだろうが」

「ちょっと待ってよ。肝心の珠里の気持ちはどうなのかしら？　それが一番大切でしょう？」

「そりゃそうだ。確かに、本人の意向を無視して、我々が勝手にトレードするのはおかしいな」

冷静なようすでうなずく。

「私も、改めて彼女の希望を聞いてみるけど、今すぐ結論を出さなくてもいいんじゃない？　しばらく何回か、お宅のほうで純雄さんとレッスンさせてあげてくれる？　二人とも、本当にこの相手が良いかどうかは、一度だけではわからない場合もあると思うから」

「もちろんだよ。木本君が納得ゆくまでこちらに来てくれて、その上で彼女の気持ちを決めてもらおう」

素直に「よろしくお願いします」と、頭を下げる。

「これだけは言っておきたい。もしも木本君がＳＫに入ってくれることになった場合、そしてバレリーナとしての大成を目指すなら、全力でサポートするよ。安心して任せてほしい」

真治は真っ直ぐにこちらを見た。その声にも瞳にも、誠実さと大きな包容力が感じられた。

「早速映像、楽しみに観るよ」と言い残した真治と別れ、由美は想いを巡らした。

珠里を全力でサポートする、と彼は言った。確かに黒川真治なら、国内のみならず国際的にバレエ界に顔の利く存在だし、何よりも、自身が主宰するバレエ団を有しているのは強みだ。自分のスクールで育てたダンサーたちを、ＳＫバレエスタジオの団員として、即デビューさせることが可能だから。

対する自分はどうか？　知名度という意味では、真治にさほど劣らない、と自負している。だが、自身のバレエ団を持っていない点は、致命的なマイナスと言えよう。これまでも、才能が認められる優秀な生徒や、プロ志望者が出た場合は、積極的にコンクールへの出場や、縁故ある団体への推薦をしてきたものの、それ以上の支援はできない。

ＳＫスタジオは国内で一、二の人気と知名度、レベルの高さを誇る、我が国屈指のバレエ団だ。プロを望む日本人バレエ学徒なら大概入団を夢見る、と言っても過言ではあるまい。そこに木本珠里が入れれば、やはり彼女にとって、理想的な道ではないか？　そんな将来に開けるはずの扉を、こちらのエゴで閉ざしてしまうような真似はしたくない。彼女が望むなら……。

その後しばらく、珠里は両方のスクールでレッスンを続けた。

「向こうが忙しかったら、こっちは無理しないでね。身体に負担になるといけないわ」

「いいえ大丈夫。とっても充実していて、どちらのレッスンも楽しいし、疲れません。それに今はできるだけ、白浜先生に教えていただきたいので」

と首を横に振って微笑む。珠里の気持ちは、すでにＳＫへの移籍に傾いているのだ。だからこそ、残された「スワン……」での一日一日を大切にしたい、という想いがあるのでは？　ことさら明るくさわやかな笑顔に、ふとそう感じた。

さらに一月（ひとつき）ほどが経ち、寒さの中にも春の気配が漂い始めた頃、黒川純雄が珠里とともに、「スワン・バレエスクール」を訪ねてきた。

「白浜先生、改めてお願いします。木本珠里さんを、ＳＫにください」

彼らを応接室に迎え入れた時から、用件はわかっていた。

こちらを真っ直ぐに見つめ、生真面目な口調で言う。

「まあ、『ください』なんて、お嫁さんに欲しいって、プロポーズの許可を求めに来たみたいね」

珠里の頬が紅く染まった。

「で、珠里ちゃんはどうなの？　ＳＫに行きたいの？」

少々酷かもしれないが、彼女の口から率直な本心を聞きたかった。

「はい！　私やっぱり、純雄君と踊り続けたいです」

珠里の瞳に迷いは見られない。

「いいわよ」

あまりにもあっさり認められたのが意外だったのか、二人は驚いたように顔を見合わせた。

「確かに、私にとってかわいい娘を嫁に出す心境だけど、母親なら娘の幸せを、より良い道を選ぶのが当然でしょ」

「先生……。長い間、本当にお世話になって……」

珠里の顔が、泣きそうに歪んでくる。

「良かった。もし白浜先生の許可が得られなかったら、僕がＳＫを飛び出して『スワン』に行こうと思っていたんで。もっとも、僕のほうは、先生から入校拒否されるかもしれないけど」

最後は冗談めかして笑ったけれど、純雄の覚悟の程が伝わってくる台詞だった。彼はあの父親のＳＫよりも、約束された安定の輝かしい将来よりも、珠里を選ぶと言ったのだ……。

「但し、一つだけ条件があるわ」

えっ、と二人の顔が不安そうに曇る。

「一度、二人でパ・ド・ドゥを見せてほしいの。珠里が私の弟子として他に出して恥ずかしくないレベルに達してるか、見極める必要があるわ。これは貴女の『スワン』卒業試験よ」

「は、はい！」

珠里が顔を引き締めうなずく。

「そして同時に、貴女方の相性が良いかどうかも判断します。いいわね」

今度は「はい！」と純雄がうなずく。悲壮感を漂わせた珠里と違い、どこか不敵な自信を感じさせる笑みとともに。

「今、ＳＫでは何を練習してるの？」

「『ロミオとジュリエット』のパ・ド・ドゥです。二人ともに馴染みのある曲なので」

「じゃあ、それがいいわ。一箇月時間をあげるから、来月踊ってちょうだい」

「わかりました。場所は、どこにしましょう？」

「そうねえ、どちらでもいいけど……」

「できれば『スワン』のスタジオを使わせてください。何だったら衣装も持ってきましょうか？」

純雄の提案に、珠里も嬉しそうにうなずく。

「私もジュリエットの衣装、着たいです！」

「そうしなさい。では、それまでにしっかりレッスンしてきてね。期待してるわ」

珠里には「卒業試験」を通ってもらいたい。だが、甘い採点はすまい。真摯に公正な審査をすることが、旅立とうとする愛弟子へのはなむけ、最後の授業なのだ……。

そして約一箇月後のうららかな春。約束の日、二人は「スワン……」のレッスン室に立った。

互いに手を取り、スタートの位置につく。見つめ合う瞳に、確かな絆を感じた。

「いいわね」

CDをスタートさせる。

たった一人の「観客」のための、舞台が始まる。ジュリエットの白い衣装を身に纏った珠里の舞は、かつてないほど美しかった。テクニック以上に、表現力が豊かに艶やかに花開き、眩いばかりだ。この輝きは、純雄という生涯のパートナーを得たからのもの……。

真治は珠里を、由美に似ていると言った。そして純雄は、若き日の真治の面影を色濃く宿している。容姿にも、そのカリスマ性に満ちた舞にも。

二人なら、真治と自分のバレエを継いでくれるだろう。あの日棄てざるを得なかった、夢の続きを……。美しい「恋人たち」の姿を、永久に瞼に焼き付けよう。由美は息をつめて、踊る二人を見つめ続けた。

第七話

千夜一夜物語

「それ、本気で言ってるの？」

白浜由美は、まじまじと目の前の黒川真治の顔を見つめた。五つ年上だから、もうすぐ五十五歳になるはずだが、今も思わず息を呑み惹き込まれてしまうほど魅力的だ。鼻が高く、くっきりした二重瞼の整った容姿と、日本人離れした見事なプロポーションは、英国ロイヤル・バレエ団をはじめ、国際的に活躍する上で、大いに有利に役立ったと言えよう。実際、背の高い白人女性と組んでも、全く見劣りせぬ堂々たるプリンシパルぶりだった。もっとも彼は、そのキャリアの大半を、同期の由美と踊ってきたのだが。

「ああ、ぜひ次回の我がＳＫバレエスクールの発表会に、ゲスト出演してもらいたいんだ」

「そして、貴方と踊るの？」

「そう、あの頃のようにね」

「待ってよ！　私、もう五十歳よ。あの頃のように踊れるわけがないじゃない」

二十代前半でロイヤル在籍の日本人同士が出会い、相手役として組んだ。やがて彼がロイヤルを退団、帰国し、みずからのバレエ団「ＳＫスタジオ」を創立した際、二十五歳の由美もためらいなく真治を追って英国を離れ、ＳＫに入団した。ただ、彼と踊るためだけに……。

それから約五年、二人は組み続け、我が国最高のカップルと評された。その時代に踊った作品は数多く、どれも良い出来だったと自負している。

由美にとって真治は、バレエのパートナーであると同時に、生涯でただ一人、愛した男性だった。彼との結婚も真剣に夢みた。

だが、夢は夢に終わった。由美にプロポーズした彼は、舞台を棄てて家庭に入ってくれと言った。

幼い少女の頃から、すべてをバレエに懸けて生きてきた。クラスメイトたちが楽しく遊ぶ放課後、独りバレエ教室に向かい、部活動等にも参加せず、レッスンに明け暮れた。体調の良くない日でもほとんど休まず続けたし、時には辛いダイエットにも励んだ。コンクールで入賞し、ロイヤル・バレエ団付属スクールへの留学が許可された喜びも束の間、さらに過酷な訓練の日常が待ち受けていたのは言うまでもない。白人世界での、東洋人ゆえのハンディも体験した。それらに耐えてこられたのは、バレエへの強い情熱だけではない。すぐ側に、同じ日本人の身で負けずに強く生き抜いている、真治の支えがあったからだ。

そんな真治だから、自分の気持ちを理解してくれるだろう、舞台生活と家庭の両立を全力で支えてくれるはず、と期待した。むろんこちらもそれに応え、主婦としてもできる限り懸命に努力するつもりだった。由美にとってバレエがどれほど大切なものかを、誰よりもわかってくれているはず、と信じて……。だが彼も、所詮は普通の男だった。

今バレエを棄てることはできない。悩んだ末、真治の求婚を断った。そして間もなくカップルも解消。由美はSKを退団し、さまざまなバレエ団の公演にゲスト出演するなど、さらに精力的に活動を続けた。それは公私ともに大切なパートナーであった男への、訣別宣言だった。

一方真治は、由美と別れた後、やはりSKのバレリーナだった道代と結婚。道代はバレエ界を引退し、やがて生まれた息子、純雄も今や高校生。父親と同じダンサーへの道を歩んでいる。昨年末その純雄が、由美の主宰する「スワン・バレエスクール」の発表会を観に来たことから、思いがけず真治と久方ぶりの再会を果たし、以降何かと連絡を取り合うなど、親交は続いている。

そんな彼から先日、大切な用事があるから会いたい、と電話を受け、こうしてスクールの応接室で向かい合っているのだが、向こうの発表会へのゲスト出演を依頼されるとは……。

「ハハハ、大丈夫。僕だってもうこの歳だよ。こっちも昔と同じには踊れないさ。でも、今にしかできない表現があると思う。それに、君が現在もすばらしいテクニックと演技力を失っていないのは、この前の『瀕死の白鳥』で、証明済みだよ。今まで知るすべての『瀕死……』の中で、最高だった。あれを観て、何としてももう一度、君と踊りたくなったんだ」

細かな専門的な批評ではなく、かえって短いその一言が深く胸を打った。

真治が口にした『瀕死の白鳥』とは、昨年末、「スワン……」の発表会で、最後に講師の模範演技として披露した時のことだ。わずか三分余りと短く、出演者は白鳥役一人という小品だが、奥の深い踊り甲斐のある役で、また現在の自分としてベストを出し切ったものだったと思う。

「貴方にそう言ってもらえるなんて、嬉しいわ」

あの黒川真治に認められたのだ。素直に喜びをかみしめる。

「で、会はいつなの？」

「六月の二十五日だよ」

つまり、約三箇月後だ。これから練習を始めるとしても、充分期間はあるが……。

「それで、何を演るつもり？」

尋ねながら、みずからの気持ちが出演に傾き始めているのを感じた。

「『シェヘラザード』さ」

さらりと口にされたそのタイトルに、思わず「えっ！」と叫んでしまった。全く予想もしていなかった作品だったからだ。例えば『白鳥の湖』や『ジゼル』のように、コンビ時代に二人で幾度も踊った経験のある、得意演目だろうと予想していた。まさか『シェヘラザード』？　名作とは言え、『白鳥……』などに比べれば知名度も上演回数もまるで低いし、彼のレパートリーには入っていないはずだ。むろん、由美自身も。

「……ってことは、貴方が『黄金の奴隷』、私がゾベイダになるわけ？」

と、主役男女の役名を口にするが、全く現実感がわかない。

「ああ、悪くないアイディアだろ？」

にやりと笑う。若い頃を想い出させる表情だ。

「私、ゾベイダなんて自信ないわ。もっと踊り慣れた作品ならともかく……」

四十歳で現役の第一線を引退して、後輩の育成に専念し始めてから、早いもので十年の歳月が流れた。むろん五十歳の今でも自身のレッスンは怠らず、年一度開催している生徒たちの発表会に、みずからも出演し舞台に立つ機会は、一つの励みになっている。とは言え、全く踊った経験のない初役、しかも自分の得意分野とはかけ離れたタイプの作品に、この歳になって新たに挑むのは、正直、相当なエネルギーと勇気が必要と言えよう。

「往年のコンビ白浜由美と黒川真治が、二十年振りにパートナーを組み、初役の作品を披露する、となったら、期待し注目する向きも多いだろうね。もしかしたら、取材も来るかな。当然ＳＫの宣伝になるし、君の所の『スワン』にとってもね」

「そんなことまで考えて？……」

少々驚き呆れたものの、確かに彼の言うとおりかもしれない。素人の研究生たち中心の公演とは言え、話題性はあるだろう。だがそうなると、安易な気持ちで安請け合いはしかねるし、真治と組むからには、今の自分にできる最高の踊りを披露したい。

迷っていると、

「お願いだ。受けてほしい」

突然、深く頭を下げた。先ほどまでの、どこかふてぶてしいくらい自信に満ちた態度とはうって変わって、心から懇願するひたむきさが感じられた。

「私で、いいの？　私にゾベイダが演れるの？」

彼に対して、そしてみずからへの問いかけだった。

「できるさ。二人して新しい『シェヘラザード』の世界を、創っていこうじゃないか」

「そうね。とりあえず練習を始めてみて、決めましょう」

熟慮して承諾すべきだと思いながら、そんな返事が口から飛び出てしまった。

「それでこそ君だ。必ず引き受けてくれると思ったよ」

彼の不敵な笑みを見て、由美は自分が、とんでもない一歩を踏み出してしまったのを意識した。

「本当はあれ、一度踊ってみたかったの。だから良いチャンスだわ」

あくまで真治と組むことより、ゾベイダ役に惹かれた、というスタンスを強調する。それがせめてもの意地だ。

「僕も『黄金の奴隷』はぜひ演（や）りたい役だ。それも、君を相手にね。嬉しいよ」

結局、一回目のレッスンに行く日時の約束をさせ、真治は意気揚々と引きあげて行った。

「大変なことになったわ」

独りスクールの戸締まりを終え、由美は声に出して呟（つぶや）いた。

黒川真治と、再び踊る時が来ようとは……。彼と過ごした若き日の、さまざまな記憶が胸をよぎる。二人して、より良い理想の舞台を創ろうと、時間の経つのも忘れてくり返しレッスンに励んだ日々。割れるような拍手のカーテンコールに、思わず抱き合い涙したロイヤルの夜。あの頃が、人生で一番充実した幸せな時代だった。だが、想い出は苦い痛みを伴う。

パートナーを解消した後、結局彼と踊っていた頃の情熱を維持できず、まだテクニックは衰えていないにもかかわらず、早めの引退を選んでしまった。

あれから二十年近く経った今も、彼に対する複雑な感情は消えない。そんな相手と、はたして冷静な心で、踊ることなどできるだろうか……？

由美は首を振って思考を止めた。今はこれ以上、真治について考えるのはよそう。意識して気持ちを『シェヘラザード』自体に移す。

『千夜一夜物語（アラビアンナイト）』に材を取った、リムスキー・コルサコフ作曲のバレエで、伝説の名ダンサー、ニジンスキーが一九一〇年に初演した作品としても名高い。バレエのストーリーは、「千夜一夜物語」が生み出されるきっかけとなった、言わば前日談である。

アラビアのハーレム。シャハリヤール王は、ある日遠い地に狩りに出かけるが、その留守に側室ゾベイダは、魅惑的な美男の「黄金の奴隷」を呼び出し、彼と愛し合ってしまう。熱く烈しく求め合う二人。そこに突然、王が帰還する。実は王はゾベイダの不貞を疑っており、現場を押さえようと罠を仕掛けたのだった。問答無用で「黄金の奴隷」を切り殺した王は、次にゾベイダに刃を向ける。初めは王に命乞いするが、愛する奴隷も殺され絶望した彼女は、隙を見てみずから短剣を胸に突き立てる。こと切れたゾベイダの亡骸（なきがら）を前に、世を呪う王の慟哭（どうこく）のうちに幕となる。

ここでバレエは終わるが、この後に続く話こそ、『アラビアンナイト』として世界に知られる物語だ。

こうして、愛する側室に裏切られ死なれたシャハリヤール王は、心荒(すさ)み女性不信に陥った。そして毎夜次々に、美女たちを寝所に呼び夜伽(よとぎ)をさせては、夜が明ける前に殺してしまう、という残忍な行為をくり返した。大勢の若い娘たちが犠牲となり、王都は恐怖に包まれる。

そんなある夜、大臣の娘で聡明なシェヘラザードが、夜伽に赴く。彼女は王に、波乱万丈な物語を語って聞かせ、その続きに興味を惹かれた彼は、彼女を殺さず翌日まで生かしておこうと決める。次の夜もその次の夜も、新しい魅力的な冒険談が巧みに語られ、いつしか千一夜が流れた頃、王は心を開き、彼女を愛するようになる、という話だ。『アラジンの魔法のランプ』『アリババと四十人の盗賊』『船乗りシンドバッドの冒険』等の数々は、シェヘラザードが王に語ったお伽話、という形式になっており、劇中劇ならぬ、物語の中の物語である。

さて、バレエ『シェヘラザード』は、『白鳥の湖』や『眠りの森の美女』等、それ以前の古典名作とは一線を画した、新しい感覚に満ちている。衣装は珍しいアラビア装束でエキゾチックな雰囲気だし、音楽も振付けも当時としては斬新だった。何より稀代の名手ニジンスキーが超絶的なテクニックで舞った「黄金の奴隷」は、今も多くの男性ダンサーたちにとって憧れの大役と言える。その難役に、真治は初めて挑もうと言うのだ。

ゾベイダも同様、大きなチャレンジとなろう。この役は、大概の古典バレエのヒロインが、若く清純可憐な乙女、姫たちであるのに対し、王の側室でありながら、不倫の恋に身を委ねる女だ。由美は自分が、色気のないタイプだと思っている。それがゾベイダのような際どい所作も多い、妖艶で官能的なキャラクターをこなせるだろうか？　しかも、あの真治を相手に……。

帰宅すると、早速手持ちのＤＶＤラックから『シェヘラザード』を取り出して、テレビの前に腰を据えた。ロシアの超一流ダンサーたちが主演を務める、この作品の代表的名盤と言えよう。踊り慣れた作品、役柄と違い、あまり細部まで鮮明には記憶していないし、同じ映像でも自分が演じるという視点で観るのでは、受け止めかたがまるで違う。一瞬も見逃すまいと、真剣な意気込みで画面に見入った。

本作は全編通しで四十分ほどの、一幕物の短いバレエなので、舞台でやる際は大概、やはり他の中規模作品や小品と組んで上演される。主な登場人物はゾベイダと「黄金の奴隷（金の奴隷）」、そして王と王弟と宦官長の五人のみで、他はハーレムの女たちや男奴隷たちの群舞があるくらいだ。

今回のＳＫスクールの発表会では、生徒たちのパフォーマンスが終了した後を締めくくる、講師陣の模範演技としてなのだから、短めのハイライト上演にするつもりだ、と真治は言っていた。

実際、どのような振付けになるだろう、と目の前のロシア人カップルを、自分たちに置き換えて観続ける。相手の腕、肩、胸に頬擦りする。足元にすがりつく、そしてくちづけ等、性的で大胆な動きが多い。しかも装いが普通のチュチュではなく、ゾベイダは胸元がブラジャー形式のデザインで、ウエストや臍の辺りは剥き出しであり、「黄金の奴隷」はやはり上半身裸に近い。つまり素肌と素肌を触れ合わせることになる。

これまで由美は真治以外にも、多くの男性ダンサーと組んできた。イギリス人をはじめフランス、イタリア、アメリカ等国籍や年齢もさまざまで、そのたびに相手を異性として意識し羞恥を感じたり、ましてや恋愛感情を抱いてしまうようでは、バレリーナは務まらない。逆に言えば、人間的に好感を持てない男であっても、笑顔で恋人役を演じられる。それがプロの踊り手というものだ。そんなことは長年の舞台生活で充分心得ており、通常なら動じず冷静に対応できる。

——でも……。

普通の古典バレエの、抑制された節度ある表現の作品なら問題ないけれど、黒川真治相手にこのような艶めかしい振りを、平常心で踊れる自信はない。いっそ断ってしまおうか？　或いは他の作品に替えてほしい、と……。

「そうはいかないわ！」

思わず叫んだ。それでは自分が今なお真治を、特別な男と見なしている、と認めるようなものだ。もう彼との恋は、遥か昔に終わったものなのに……。

さらに観続けるうち、少しずつ気持ちが変わってきた。これは大変な踊りだ。単に演劇的な官能の表現だけではない。一見するとセクシーな面ばかりが目につきやすいが、実際はとても高度なテクニックが要求される、難しい役と言える。特に「黄金の奴隷」は凄い。一般的な古典バレエにおいては、ともすれば男性舞踊手の役割は、女性のプリマを支え、引き立たせる脇役的な存在と言えようが、この役はゾベイダと対等どころか、実質上彼女を凌駕（りょうが）する主役だ。

その役に初めて挑戦する際のパートナーとして、真治は再び由美を指名したのだ。そんな彼の意志に、同じ舞踊家として応えたい。この際、妙なことに気を廻している場合ではない。これは芸術家の矜持（きょうじ）の問題だ。

画面の中の「黄金の奴隷」を真治と想って、真っ直ぐに挑む視線で睨み据えた。

そして、一週間ほど後の約束の日曜、由美はＳＫバレエ団付属スクールの前に立った。都心にあるそのビルは立派な構えで、「スワン・バレエスクール」の少なくとも数倍はありそうだ。気圧（けお）される想いを振り払い、中へと踏み込む。

「やあ、こんな朝早く呼び出してすまないね」

とやがて現れた真治は、気負いもなくさらりとした態度だ。

「通常レッスンが始まる前の、この時間しかとれなくてね」

「あら、大丈夫よ。私も今なら空いてるし」

「そうだな。君は朝に強いタイプだったな」

と笑う。そんなことまで覚えていたのか……。

「あ、着替えはあそこで」

と示された女子更衣室に入る。一人で利用するには広すぎるスペースだけれど、ここが窮屈に感じられるくらい、大勢の生徒たちがひしめくのだろう。持参してきたワインレッドのレオタードに着替える。数ある中で一番お気に入りの一着だ。

髪をひっつめに整え、大鏡で自身の姿を点検する。身体の線がくっきりと出るから、老化、肥満等による体型の崩れや、筋肉の張り具合など、すべて見透かされてしまう。ましてや相手は肉体表現のプロだ。ごまかしは利かない。

現役を引退してからも、レッスンや食生活で体型維持は怠らず、五十を超えたとは思わせぬだけの、若々しいスリムなプロポーションは保っているつもりだが。

——いいわね！

鏡の自分に気合を入れる。この瞬間からもう、真治との「闘い」は始まっているのだ。

ドアを開け、指定されたレッスン室に入ると、やはり稽古着姿の真治が待っていた。

「やあ、すばらしい！　昔と変わっていないね。合格だ」

上から下へ、由美の身体を眺めまわしながら言う。遠慮ない視線だが、そこに卑猥(ひわい)な嫌らしさは感じられなかったので、ほっと息をつく。彼の言葉は嬉しく、同時に「合格」の言いぐささが少し憎たらしくもあったから、

「そうね。貴方も変わらず若いわね。及第」

と返してやる。実際、ＤＶＤで観た『ロミオとジュリエット』のロレンス神父の僧服や、また前回会った時の、私服のジャケット姿では意識しなかったが、彼の身体付きも昔

とほぼ変わらない。五十五歳という年齢を考えると、驚異的とすら言えよう。

「それはありがとう。適当に柔軟、やってくれ。終わったら声かけて」

言われるまでもなく、早速始める。隣でやはりウォーミングアップをする真治のようすをちらちら見るが、かつてとその内容も順番もやりかたも、変わっていない。あれから二十年の歳月が流れているのに、一瞬で時の隔たりが消えた。

「じゃあ、そろそろ始めるか」

この言いかたもロイヤル時代のままだ。懐かしさに胸が一杯になりながらも、気を引き締めて彼に向かう。今自分は、バレエ・ダンサー白浜由美なのだ。

「僕たちと、他にシャハリヤール王役の森田祐介（もりたゆうすけ）、あ、うちの第一アシスタントだが……」

森田祐介は前回の発表会でも出演しており、その名前と踊りは、記憶を探ると想い出された。真治に続く年長のベテランらしい、貫禄ある雰囲気は王役にふさわしいだろう。

「森田君を入れて、三人のみの構成にしてみた。今日は我々のパ・ド・ドゥだけをやるから呼んでいないが、近いうち彼にも加わってもらう」

三人きりの『シェヘラザード』となると、本来の形より、それぞれにかかる比重は増えよう。

「一応仕上げてみたから、振り写し（振付けを実際に踊って伝授すること）するけど、君もどんどん考えを言ってほしい。より良いものを二人で創ってゆこう」

「わかったわ。こちらも遠慮せず言うわね」

うなずきながら心が躍る。遠い日、互いに意見を出し合い練習を重ね、ほんの些細な動きさえ疎かにせず、さらに理想の形を目指そうと、くり返し磨いていった日々がよみがえる。その真治と再び力を合わせて生み出すのだ。二人にしかできない、至上の世界を……。

音楽が鳴り始める。

「いい？　ここで奴隷がジャンプで登場する。それを君はこの位置で見つめるんだ。そして互いに近づいてゆく。警戒しながらも、惹かれる想いのほうが強く……」

真治の示す振りは、本来のオーソドックスな型を踏襲しつつ、随所に新たな工夫も見られ、魅力的な作となっていた。

「どう？　大体覚えられたかな？　何か提案とかは？」

「あの、とても良いと思うわ。でも、まだ一通り頭に入れるだけで精一杯」

ふーっと息をつく。こちらもアイディアを出し「改良」できる、などという段階には程遠い。

「それに、難しいわね」

予想はでき、覚悟していたとは言え、はたして今の自分のテクニックで、踊りこなせるだろうか？

「大丈夫。君なら踊れるさ」

それは励ましというよりは、真治からの一つの挑戦状、否、試験のように思われた。

——どうだい？　受けて立てるかい？

こちらを見つめる瞳がそう挑みかける。ギブアップするわけにはいかない。

「では、早速踊ってみよう」

今聞いたばかりの振りを、記憶をたどり何とか再現する。最初は小手調べのつもりだったのに、いつしか真治にくらいついてゆくのに必死になる。むろん、そうすぐにやすやすとはできないものの、教えられた所作を素早く覚え再現できる能力も、踊り手の才能のうちだ。

「今日はここまでにしておこう」

ふいに言われ、ハッとなる。

「えっ、あら、もう時間ね」

まだそれほど長時間踊ったつもりはないのに、時計を見てびっくりした。真治がこれから午前のクラスがある、と言っていたのを思い出す。

「次の準備、大丈夫？　ごめんなさい」

バーに掛けてあったタオルを慌てて取り、更衣室へ向かう。汗に濡れたレオタードを脱ぎ、スカートとジャケットに着替えながら、今さらのように全身を興奮と高揚感が包んだ。未だ夢の中のようだが、たった今まで自分は、真治と踊っていたのだ……。

できることなら、このまま彼とゆっくりお茶でもしながら、今日の『シェヘラザード』についてディスカッションしたいところだが、すぐクラスの予定が詰まっているならしかたない。自分も午後から教室があるし……。声だけかけて帰ろうと、真治の姿を捜しかけた時だった。

「あ、先生！」

聞き覚えのある明るい声に、そちらを向く。

「あ、珠里ちゃん！」

かつての教え子、木本珠里が満面に笑みを浮かべている。彼女は「スワン・バレエスクール」の有望な生徒で、特別に目をかけた愛弟子だった。そんな彼女の高校の同級生が、なんと黒川真治の息子、純雄で、二人はバレエを学ぶ同士として親しくなり、互いの舞台を観るにつけ、カップルを組んで踊りたい、と望むようになった。その希望を聞き入れ、珠里の「ＳＫスクール」への移籍を認めたのだった。彼女に去られたのは「スワン……」としては損失だし、由美個人にとっても寂しく痛手ではあったが、それが珠里のためであり、良いパートナーを得て、長く元気で踊り続けてくれるなら、喜んで陰ながら見守ろう、と心に誓ったのだった。

「お久しぶりです！　先生が今度の発表会にお出になるって聞いて、もう嬉しくて、飛び上がって喜んだんですけど、まさか今日会えるなんて！」

と驚きと喜びを隠さぬようすで叫ぶ。

そこにドアが開き、もう一人入って来た相手に、今度は由美が目を見張った。

「あ、純雄君！　お元気？」

ＳＫスクールなら彼らと顔を合わせるのも当然とは言え、やはりいきなり二人に会うとは考えていなかったので、嬉しい驚きだった。

「はい。先生のご出演の話、黒川講師から聞きました」

純雄は父、真治のことを対外的にはこう呼ぶようだ。最初この呼びかたを耳にした時には、違和感を覚え、もしや親子仲が悪いのでは、と案じたが、バレエの世界において親子の甘えや七光りは持ち込むまい、とする純雄なりのけじめなのだ、と今なら理解できる。

「僕も先生方のレッスン、観たかったです」

「ハハ、形になってきたら、観てもらうよ」

突然現れた真治が応える。

「あっ、黒川先生、おはようございます！」

元気良い声で挨拶した珠里に続き、純雄も、

「おはようございます。よろしくお願いします」

と姿勢を正し、軽く頭を下げる。それも明らかに普通の父子の態度ではない。

「あ、二人とも、今日のレッスン、白浜先生に見学してもらってかまわないよな？」

それぞれの更衣室に消えようとした二人に呼びかけるのを聞き、由美のほうが慌ててしまった。

「えっ、だってそんな、ご迷惑でしょ？」

「いや、大丈夫。むしろ歓迎です」

と、冷静な調子で純雄が笑顔を見せる。

「私も、嬉しいです！」

すかさず珠里がはっきりと続ける。もともとこちらとしては、できれば真治とゆっくり打ち合わせして帰りたい、と思っていたくらいなので、時間的余裕は充分ある。そう決まり、由美は再び先ほどのレッスン室に戻り、片隅のパイプ椅子に腰かけた。

やがて稽古着に着替えた純雄と珠里が現れた。どうやら今は彼らの個人レッスンらしく、他の生徒はいない。だからこそ真治もこんな提案をしたのだろう。

バーを使った基礎鍛錬の後、中央に進み出た珠里たちに、真治は改まった調子で語りかけた。

「ではブラック・スワンをやろう。前回振り写しはしたから、だいたい頭に入っていると思うが」

はい、と同時に応えた二人の面が引き締まる。『白鳥の湖』に登場する黒鳥オディールと王子のシーンのことで、このパ・ド・ドゥを、次の発表会で踊る予定にしているらしい。

やがて馴染みの音楽が流れ始めた。第三幕。王宮の舞踏会に悪魔の娘オディールが現れ、王子を誘惑する。彼女は魔法で白鳥の姫オデットそっくりの姿に変身しており、王子は騙され、愛するオデットだと信じ込んでしまう。この場で踊られるデュエットダンスは、オディールの人間離れした魔力と、王子を翻弄する優位性を表すように、超絶的テクニックが要求され、数ある名作バレエの中でも一、二を争うほど難度が高い。素人には重すぎる役と言えよう。だがそこは、プロとして充分通用するレベルの実力を、すでに身につけている二人のこと。まだこの役に取り組み始めたばかりとは思えぬほど、見事に踊っていた。けれど、真治の目は厳しい。

「そこ、もっと大きくジャンプ！」

「腕の角度が違うぞ！」

由美から見ると充分ＯＫの出せる出来なのに、容赦ないダメ出しが飛ぶ。厳し過ぎるとも思うが、確かに真治の指導によってやり直すたび、目に見えて改善されてゆくのが感じられた。

そしていよいよ、オディール最大の大技で難関のグラン・フェッテ。三十二回の連続回転技で、「スワン……」にいた当時にはまだ、珠里に挑戦させたことはなかった。彼女がこれをこなせるのだろうか？　固唾を呑んで見守る。一回、二回……、十回……、二十五回……。

途中ややぐらついたりして、完璧とは言い難かったが、とにかく無事三十二回を回りきった。

「よし。もっとくり返し、しっかり練習しておくように」

真治もここではそれ以上の注文は付けず、珠里はほっとしたようすでうなずいた。この超難技に挑戦したのは、今回が初めてなのだろう。

それにしても、彼女の成長には目を見張るものがある。「スワン……」の頃とはまるで別人だ。やはり良き指導者に巡り会えることは、若い才能にとって何よりの糧と言えよう。自分もかつて、精一杯持てるすべての力とノウハウを注ぎ込んで、珠里のためになるよう指導をしてきたつもりだけれど、悔しいが真治には及ばない。彼に愛弟子珠里を託したことは、間違いではなかったのだ。一抹の寂しさと満足感が、同時に由美の胸を占めた。

一方、珠里の開花は、真治の力だけではあるまい。純雄という相手役を得たからこその輝きだ。理想のパートナーの存在がいかに大切かは、つい先ほど、約二十年振りで真治と組み、改めて痛感させられた事実だった。

五十分のレッスンが終わった。由美は自身が、苦しいほど集中して見入っていたのに気づいた。

「すばらしいわ！　二人とも、本当に凄かったわ！」

興奮冷めやらぬまま、ほとばしるように言葉が出た。

「貴方がたにこれだけの踊りを見せられてしまうと、私たちももっとがんばらなければね」

それは素直な本心だった。真治と自分のことを、「私たち」と呼称するのに、甘酸っぱさに似た感覚を覚えたけれど……。

「ありがとうございます！」

二人とも感激のようすで目を輝かすが、

「おいおい、あまりおだてないでくれよ。まだまだなんだからな」

と真治が苦笑気味に口を挟む。

やがてざわめく気配がして、数人の生徒たちが入って来た。次の時間はグループレッスンで、珠里たちは二人とも引き続き参加するという。名残惜しく感じつつ、これを潮に由美はＳＫスクールビルを後にした。熱いものが未だ胸に渦巻いている。午後の「スワン……」の指導でも、この高揚が続きそうだ。

二回、三回と真治との稽古を重ねるごとに、由美は自分たちがさらに進化するのを感じた。互いがゾベイダと「黄金の奴隷」のパートを我がものにしてゆくと同時に、二人の間のパートナーシップも、さらに緻密で理想的な形となり始めている。この調子なら、公演までにはかなりのレベルに行けそうだ。改めて踊ることの幸せをかみしめる由美だった。

「いやあ、腹減ったなあ。これから近くで夕飯、食べて帰らないか？」

稽古後、汗を拭きながら真治が言う。今晩はこれが最終で、この後もうクラスはないとのこと。

『シェヘラザード』を始めて以来、二人でゆっくりディスカッションする機会がまだなかったので、望むところだ。

真治につれられ入ったのは、駅からやや離れたレストランだった。カジュアル・フレンチらしく、こぢんまりして、しゃれた雰囲気の店だ。

「何か、すてきなムードね」

おちついた小花柄のインテリアを見渡し、微笑んだ。個室ではないけれど、それぞれのテーブルが衝立(ついたて)で仕切られており、静かで他の客たちと隔てられている感覚も良い。

「だろ？　味もかなりだよ。一人の時はめったに入らないが、お客さんを案内する時なんかにはね。僕も久々に食べたいと思ったので、今日は君が来てくれて良かった」

「まあ、そうなの。私も楽しみだわ」

笑顔で応えながら、彼がどのような相手とここで食事をするのかふと気になり、そんな自分に苦笑した。

メニューを覗き、真治と同じ「本日のおすすめ」コースを選んだ。オードブルとサラダに、牛肉のワイン煮で、値段もリーズナブルなのでホッとする。

「わあ、おいしい！」

アスパラガスと生ハムのオードブルに、思わず歓声を上げる。

「アスパラは春が旬だからな。向こうでも食べたよな」

ヨーロッパでは日本以上に、アスパラは季節を感じさせる「春の味覚」として喜ばれている。留学中やロイヤル時代に親しんだ、イギリスや他の欧州諸国の料理が、懐かしく想い出された。

「今回の『シェヘラザード』だが」

とろけるように柔らかい牛肉を味わい始めた頃、真治が調子を変えて口にしたため、由美も気持ちを切り替え、顔を上げた。

「想い描いたとおりのものができそうだ。君は期待以上にすばらしいゾベイダだ」

「本当？　ありがとう！　もしそうならそれは、貴方のおかげだわ」

喜びが全身に拡がってゆくのを感じながら、素直に応えた。

「貴方が導いてくれたからこそ、今までにない私の、新たな世界が開けたのだと思う」

ちょっと気恥ずかしさを感じ、「まだ発展途上だけどね」と、笑いながら付け足した。

「僕もだ」

こちらを見つめた真治の瞳と言葉に、ハッとさせられた。

「正直言って、今回の『黄金の奴隷』は自信がなかった。怖かった。だってあのニジンスキーが初演した名作だぜ？　それにこんな歳になった落ち目の、否、とうに一線を引退したオヤジが挑戦しようなんて、無謀過ぎるにも程があるよな」

「まあ、失礼ね」

由美は半ば笑いながら真治を睨んだ。彼は怪訝そうな顔をする。

「だって、それを言うならこの私も、もうとっくに表舞台を引退しているオバサンだわ」

「あ、ごめん、そういうわけじゃあ……」

さすがに真治はバツが悪そうに頭を掻いた。

「フフ、いいのよ。お互いにまあ事実だものね。でも、そこまで考えてるなら、何故今になってチャレンジしようと思ったの?」

同じ踊り手として、純粋に知りたいと感じた。真治は一瞬黙りこくった後、続けた。

「それは、一生に一度は踊ってみたい役だから。もっと若く、絶頂期のうちに挑むべきだったのだが、何故かこれまで巡り合わせがなく、その機会に恵まれなかった。そしてふと気づいたら五十を過ぎ、引退の時を迎えていた、というわけさ」

と自嘲気味に笑う。

「今まで踊りたい作品はほとんどやり尽くしたし、幾つか栄えある賞ももらった。幸い、踊り手として国際的にも一定の評価を得られた。そして純雄という後継者も育ちつつある。悔いのないダンサー人生と言えるが、たった一つ心残りなのは、『黄金の奴隷』を踊りそこなったこと。それがずっと心にくすぶり続けていた」

由美にとっては、そのような具体的作品はないとはいえ、彼の気持ちはわかる気がした。たとえトップクラスの人気スターであっても、プロの踊り手たちの誰もが、自分の演じたい役すべてを踊れるわけではない。所属バレエ団のポリシー、経営的な問題、他のメンバーやライバルたちの存在など、さまざまな理由で叶えられぬ場合のほうが多いと言えよう。

「そんな時、白浜由美の『瀕死の白鳥』に出会った。出会ってしまった」

あえて言い換えた真治の気持ちを想い、次の言葉を待つ。

「衝撃だった。君はもう五十。第一線を退いてから約十年も経つ。だが、描かれた『瀕死……』の世界は圧倒的だった。ロイヤルやSKで組んでいた頃の、切れ味鋭い完璧なテクニックを誇示するような、超絶的演技とは違う。だがそこに、遥かに奥深い芸術の世界が拡がっていた。今の白浜由美とならきっとできる。僕にも、より理想のバレエが描けるだろう、再び君を得れば……。とにかくもうこれ以上、大切なチャンスを失いたくないと……」

「あの『瀕死……』をそこまで……」

歓喜に震える由美の胸に、真治のその後の言葉が刺さった。

「もう二度と、あんな過ちをくり返したくない」

「過ち、ですって？」

「そう。あの日、舞台を棄てて僕の妻になってくれ、僕の家庭に入ってくれ、と言った。だがそれは男のエゴ、間違いだった。君はバレエに生き続けるべき人。誰もバレエを奪ってはいけなかったんだ。あの日の君の選択は、正しかった」

「何故それを、今になって……」

「……すまない。あの時に時間を戻すことはできないのにな……」

「貴方、後悔してるの？」

尋ねる声がかすれた。

「ああ。無二の相手役を、みずから手放したことにはね」

真治は苦しげにうつむいた後、真っ直ぐに面を上げた。

「僕はどうしても、自分の妻には専業主婦となって、家庭に入ってほしかった。それにこだわった理由は、昔、話したと思うが……」

「ええ。覚えているわ」

真治の母は、かつて名を知られたピアニストだった。ごく平凡な会社員と結婚し、息子、真治が生まれ学校に行くようになっても、彼女は演奏活動を続けた。当時としては進歩的で理解ある夫に支えられ、両立を目指し日々努力してきた。だが、リサイタルや演奏旅行等で家を空ける時も多く、次第に家事に支障をきたすようになっていった。そんな妻に対し夫は不満をぶつけ、妻も夫の予想外の無理解に苦しむ。いつしか夫婦の間に諍いが絶えなくなり、溝は深まり、二人は破局を迎えた。母は出て行き、父の元に残された真治は、寂しい少年時代を過ごしたという。

——もし僕に子供ができたら、その子にはあんな辛く悲しい思いはさせたくない。

そう聞かされた時、一方では彼の考えに賛同できた。子供のためには、確かにそのとおりかもしれない。だが、自分自身がそれを受け入れられるかと言えば、別問題だった。

「今でもそうした考え自体は、間違いだとは思わない。だが、もっと大切なものを置き去りにしていた。妻となる女性の幸せだ。自分の理想だけを追い求め、相手の気持ちや希望についてまでは、考えが及ばなかった。良い夫婦とは、どちらか一方の我慢、犠牲の上に成り立つものではない。互いが満足し生き甲斐を感じてこそ、真の幸せな家庭を築けるのだと、今なら思える。それに気づかず、二人の君に去られてしまった」

「二人の私？」

「そう。バレエのパートナーの君と、生涯の伴侶となる君を。どちらも失くしてみて、初めてかけがえのなさを思い知らされた。今こんな話をしたのは、一言あの時の自分を、謝りたかったからなんだ」

今さら聴かされるにはあまりにも辛く、また嬉しい言葉だった。

「だが、これで良かったのかもしれない。ダンサーは、踊れる間は踊り続けなきゃな。白浜由美のＳＫ退団後の活躍を、陰ながら喜ばしく観ていたよ」

真治のプロポーズを拒み、結婚よりもバレエを選んだ時点で、彼の中でもう自分への愛は終わったものと考えていた。それもしかたないことだと。だが……。一つ大きく息をついて心を静める。

「そうね。私がバレエを続けたのも、そして早く舞台を引退したのも、どちらも貴方のせい」

今度は真治が目を見開く。

「ダンサーの貴方なら、同じ世界に生きる私の踊り手生活を認め、そんな妻を理解し、支えてくれるはずだって、信じていた。だから貴方には失望したし、許せなかった。カップルを解消した後、私はそれまで以上に必死でうち込んだわ。全身全霊でね。だって、結婚を諦めてまで選んだバレエを棄てたら、他に何も残らなくなってしまうもの」

真治が自分をじっと見つめている。息苦しさに耐えながら、由美は語った。

「そうした私はずいぶん高く評価されたわ。ロイヤルやSK時代よりさらに円熟したと……。でも心の奥は満たされなかった。貴方と組めないバレエは、私には虚しいものだった」

今まで誰にも、母や父にさえも話さなかった気持ちを、こともあろうに当事者の真治本人に素直に語っている。彼にだけは終生うちあけまい、と決めていた心の奥をさらけ出し……。

「まだまだ体力的にもテクニック的にも、衰えていない自信はあったのに、四十歳で表舞台を引退したのもそのためよ。結局、女として生きる道も、バレエの舞台も失ってしまったけれどね」

真治の面が苦悩に歪むのが見られた。

「でも今私は、代わりの生き甲斐を見つけられて幸せよ。若い世代の生徒たちを教え育てる喜びを、毎日感じてるの。自分自身には限界があるし、いつか必ず歳取って衰えて、踊れなくなる日が来るわ。でもそうなった時、自分のすべてを注ぎこんだお弟子たちが、次々に巣立ってくれる。中でたった一人でも、私たちを超えて、より大きく世界に羽ばたくダンサーが生まれる、と信じているの。私はたくさんの『子供たち』に恵まれた、世界で一番幸せな母親かもしれない」

「確かにそうだな。今の言葉を聞けて、良かった……」

彼はしみじみと口にし、安堵の表情で一つ深く息をついた。

「僕も、幸せだよ。今の生活に満足している。妻の道代にもね。そのうえ君と『シェヘラザード』をやれたら、もういつ死んでも、思い残すことはないさ」

「嫌だわ。まだまだ若いのに『いつ死んでも』なんて……」

笑いながら睨むと、「ハハ、大げさだったな」と肩を竦める。

「奥様、今度の会にはいらっしゃるのでしょう？　久しぶりで改めて、お目にかかりたいわ」

真治が道代と結婚したのは、由美が彼と公私ともに、完全にカップルを解消した後のことなので、浮気や裏切りとは違う。だから道代に罪はなく、彼女を恨み憎むつもりはない。だが、やはり女として全く意識しない、と言えば嘘になる。

「ああ、もちろん来るよ。純雄が出るから楽しみにしているようだし、むろん僕たちの踊りもね。君にも家内に、会ってもらうよ」

「ええ、ぜひ」

堂々と道代に会いたい。

「僕たちは長い間互いに別の道を歩み、歳を重ねた。悔いはあっても、これまでの人生経験は無駄ではなかった、と思いたい。それを花咲かせようじゃないか」

「そうね。貴方の言う、とっくに中年過ぎたオジサンとオバサンならではの、若い子にはできない世界を描きたいわ。よろしくね」

こうしてまた真治と再び組めることの喜びが、改めて胸に拡がる。

「そうだな。『シェヘラザード』は不倫の恋の物語だ。この役を演じる間だけは、今も君に恋しているつもりで踊るよ」

「それ、どういう意味？」

からかう調子で尋ねたつもりが、つい思いがけず、声に強さがこもってしまった。

「言葉どおりの意味さ。但し、誤解してもらっては困る。あくまで踊っている時だけの話だ」

全く、何を言い出すのだろう！　どこまで本気なのか……。だがこの程度でうろたえるほど、こちらも若くはない。

「そうね、私もね。ゾベイダとして」

「ああ、『黄金の奴隷』とゾベイダ、全力で愛し合おう」

「お手柔らかに」、としっかり彼を見つめながら微笑む。

デザートのスフレからコーヒーまで、どれもすばらしかったが、正直それを味わい堪能するには、あまりにも心揺さぶられる会話だった。

「今日は貴方と、ゆっくり話せて良かったわ」

二十年来くすぶり続けていた胸のつかえが、少し和らいだ気がする。明日からはもっと穏やかな気持ちで、レッスンできそうだ。


だが、その予想は間違いだった。確かに長年抱いてきた真治への、恨みに近い感覚は薄れたものの、再び彼を男として意識してしまう感情が、新たに芽生え始めていた。

——これは恋なんかじゃないわ！　今さら……。

みずからに叫ぶ。だが彼の腕に背を抱かれ、胸によりかかり、見つめ合う振りを演じる時、冷静ではいられない。熱い瞳、息づかい、汗さえも生々しく妖しく意識してしまう。

苦しい。

「ちょっと、待ってくれ」

突然、真治が手で合図をし、踊りのポーズを止めた。一瞬、彼も自分と同じように、今の状態を息苦しく感じたのかと思った。けれどようすを見ると全く違う。顔をしかめ肩で激しく息をつき、側のバーにつかまる。彼は本当に苦しがっているのだ。

「どうしたの？　大丈夫？」

真治は近くにあった椅子に腰かけて、背にもたれかかり、こちらの問いかけにもしばし答えず、胸元を押さえている。こんな姿を見るのは初めてだ。どうしたらいいのだろう？誰かを呼ぶべきか？

「病院、行きましょうか？」

「いや、大丈夫……。薬がある」

彼はポケットから何か薬を取り出し、口に入れた。慌てて紙コップに注いだ水を渡すが、「いらない」と手で制す。

「しばらくすれば……治るから、もう少し……このまま……休ませてくれ」

途切れ途切れながらもそう口にした彼の背を、思わずさする。

間もなく、かなりおちついてきたようすだ。

「すまない。心配かけて悪かったな。君には知られたくなかったが……」

多少荒い呼吸ながら、すでにいつもの調子に戻っている。

「もう大丈夫なの？」

「ああ、ニトロが効いてきたし、もう全く心配ないよ」

「ニトロ？ それってあの、心臓？」

由美も伯母が心臓を患っており、発作が起きた時には舌下錠としてすぐ口に含めるよう、ニトロをいつでも離さず持参している、と聞いた記憶がある。

「そう。実は、不整脈があってね」

「不整脈？ じゃあ、踊ったりしちゃあ……」

驚愕に息が止まりそうになる。

数年前からその兆候があり、それゆえプロとしての舞台生活を退いたのだと言う。

「大丈夫さ。大して重症じゃないし、昨日までだって、普通にレッスンしてきただろ？実際、世の中、不整脈を持っている人はかなり多いんだそうだ。まあ、医者に相談したら渋い顔で、なるたけ踊らないほうがいいだろう、とは言われたがね」

「えっ！」

「そんな顔するなよ。おとなしく普通の生活さえしてれば、まず命にかかわるような疾患じゃない、とも保証されてるんだ」

「でも……」

未だ頭が混乱している。

「僕だってまだ死にたくはないから、もうそろそろ、発表会に出るのも辞めよう、と考えたんだ。それで、引退の舞台に、君ともう一度踊りたかった」

あの時、ただ「黄金の奴隷」をやり残したから、と語った裏に、そんな想いが秘められていたとは……。

「だけど何故、そのことを私に黙ってたの？」

悲しみとも悔しさともつかぬ想いが、心をかき乱す。

「言えば君が今度の計画に反対して、引き受けてくれないかもしれないからな。それに、よけいなことを気にして、本来の力を発揮できなくなるのも嫌だからね。幸い今回レッスンを始めてから一度も具合は悪くならず、ニトロの世話にもなってない。この分なら、公演が終わるまで何事もなく過ごせて、君には終わりまで気がつかれないですむ、と思ったんだがな……」

寂しげな笑いに、胸が締めつけられる。

「奥様や純雄君は、ご存じなんでしょ？　お二人は何て？」

「ああ、二人とも知ってるよ。やはり、できればもう踊らないでほしい、と言ってる。でも、最後に『シェヘラザード』をやりたいなら、それだけはがんばってやりぬいて、と……。薬を肌身離さず持ち歩くこと、そして具合が悪くなったら、当日の出番直前でも辞めること、という条件付きでね」

自分がもし彼の妻なら、何と答えただろう？　やはり同じかもしれない。何故なら、自分自身が患ったら、最後に悔いのない舞台を真治と成し遂げたい、と望むから……。

「つい昨日まで、このままあと数年、会のたびに一曲ぐらいは続けられると、そのつもりでいた。でも、さっきの発作で決心がついたよ。今度の『黄金の奴隷』をラストに、もう二度と踊らない」

由美は言葉も発せず、ただ彼の瞳を見つめた。

「僕は昔結婚する際、道代に、バレエを辞めてくれ、と頼んだ。そして彼女はそれを聞き入れてくれた。だから今度は僕が女房のために、バレエを棄てる番だ。夫には、妻と家族のために長生きする、義務と責任があるからね」

彼は日本屈指のダンサーであると同時に、道代の夫であり、純雄の父であるのだ。それは由美には変えようのない事実……。

「わかったわ。最高の『シェヘラザード』を創りましょう。こっちも全力でサポートするわ」

稀代の名手、黒川真治の集大成にふさわしい舞台を。

「でも私からもお願い。絶対無理はせず、身体を大切にしてね。私のことは気にしないで」

「ああ、約束するよ。ありがとう」

病院に行く必要はないと言い張る彼の体調が、完全に安定したのを見届けて、SKビルを後にする。けれどなお由美は、未だ激しい動揺の中にあった。

今回が真治のラスト・ステージになろうとは……。すでに彼はダンサーとしての第一線は退いている身なのだから、今さら「引退」と言って大騒ぎする問題ではないとも言える。だが、やはり衝撃だった。もう彼のバレエを観られない。そして彼と再び踊れるのも、この一度きりとは……。

本来なら、それを惜しむどころか、取りやめるよう、こちらから進言すべきかもしれない。でも、何としても『シェヘラザード』だけは実現させたい。真治のためにも、由美自身のためにも……。

とは言え、二人が今踊ることは、或いは危険な罪だろうか？

——そう、ゾベイダも……。

スルタン（王）の側室であるゾベイダは、若い美男の奴隷への執着を抑えきれない。その想いは火のような情欲であると同時に、純粋な恋心だったのでは？　彼女はそれが許されざる背信だと、充分わかっていただろう。巧く立ち回り王に尽くしてさえいれば、王宮での安泰と贅沢な暮らしは、欲しいままだったはず。けれど彼女は、奴隷を愛してしまった。彼と過ごす時間、常に罪の意識と不安に苛まれたかもしれない。この幸せは永遠ではない、と、いつか訪れる終わりの時を怖れて……。だからこそ、その逢瀬は限りなくきらめく至福だった。そんなゾベイダの心が、初めて理解できた気がした。

——ダンサーは、踊れる間は踊り続けなきゃな。

——もういつ死んでも、思い残すことはないさ。

あの晩、レストランで真治が語った言葉が、全く違う重みをもってよみがえる。

——貴方にとっても、そうなのね。

踊っている時間の一瞬一瞬が、かけがえのない大切な宝なのだ。その最も貴重な人生の一時を担う相手に、真治は自分を求め、選んでくれたのだ。

——二人で踊りましょう。最後まで。

決意をこめて、真っ直ぐに顔を上げた。

王役の森田祐介を交え、さらにレッスンを重ねるたび、由美はハラハラする思いで真治を見守った。幸い彼の体調は良好で、無事に日々が過ぎていった。

そして、発表会の日。

一つ一つの演目が進むたび、由美はＳＫスクールのレベルの高さを改めて実感し、同時に指導者としての黒川真治の、並々ならぬ手腕にうならされた。あの日自分は、後進を育てるのが生き甲斐だと語ったが、真治もきっと同じはず。それに気づき、心に熱い喜びが拡がっていった。

生徒たち最後のプログラム、木本珠里と黒川純雄の『白鳥の湖』より、ブラック・スワンのパ・ド・ドゥが始まる。舞台の袖から見つめる、彼らの演技は圧巻だった。いつか稽古場で、初めて彼らのまだ未熟なこの踊りを目にした時の記憶が、懐かしくよみがえる。

真治には、純雄がいる。そして、由美が育てた珠里を今、真治が導いてくれている。珠里は私たち二人の「娘」……。一瞬、苦しくも甘美な想いが心を満たした。

だが、若い彼らの姿への喜びに浸っている間はない。いよいよ、『シェヘラザード』が始まるのだ。

今日、真治は全く崩れることなく、立派にやり遂げてくれるだろう。それは不思議な確信だった。

むかしむかしのアラビア。王が旅立った後のハーレム。「黄金の奴隷」を呼び出すゾベイダ。二人は狂おしく見つめ合う。

禁断の罪と知りつつ、愛し求め合う二人。

――これが最後。最初で最後。

この一夜を永遠に。この一時に命を懸ける。燃え尽きるまで……。

会場中を揺るがす拍手と、スタンディングオベーションに、ハッと我に返る。

真治がこちらに手をさし伸べ、観客に答礼するよう促す。舞台に現れた珠里と純雄から、花束を受け取る。それらの間、由美は夢見心地のままだった。

「ありがとう」

何の曇りもない、満たされた笑顔で微笑みかけてくる真治を見て、涙が溢れた。

楽屋口に引きあげた由美に、一人の女性が近づいてきた。開演前に紹介された真治の妻、道代だ。

「感動しました。とてもすばらしかったです」

包みこむような穏やかな笑顔の中に、高揚した輝きが拡がる。

「今まで観た、最高の演技でした。本当に、ありがとうございます。主人の夢を叶えてくださって」

瞳が潤んでいる。道代はどんな想いで、愛する夫のラスト・ステージを見守ったのか……。

「こちらこそ、心から感謝しています」

道代に対してどこか身構えていた想いも、今はきれいに消えていた。それぞれの生きかたは、きっと間違っていなかったのだろう。

想えば真治とは千の夜以上の年月を共に踊り、別れてさらに長い月日、忘れようと努めてきた。だがどちらの重さも、この一夜には及ばない。

ゾベイダも「黄金の奴隷」も、得たものより、失ったもののほうが大きかった人生と言えよう。でも自分は、失った以上のものを得た。悔いはない。たぶん、彼も……。

若き日の見果てぬ恋が、今、ようやく終わるのだ。真治の妻に微笑みながら、由美は長い旅路を想った。

（完）

あとがき

このたび文芸社のご厚意で、『ヴァリアシオン　白鳥たちの舞』を出版していただけることになった。

文芸社からの出版は、これが三作目となる。一作目は二〇〇一年の『不死鳥の舞』。二作目が二〇〇四年の『第二幕』で、どちらも未熟ながら私の大切な想い出、宝物となっている。

とは言え、一作目から数えれば実に二十年近い歳月が流れた。その間、ずっと執筆は続けてきたが、同人誌に投稿するくらいで、書籍としての形で刊行されることはなかった。

現在、知人などに拙作を読んでもらいたいと願っても、前記二作はあまりにも古く、今の私の作品傾向を知り評していただくには、ふさわしいとは言えまい。できればまた最近の作を本にしたい、と希望していたところ、思いがけず今回のお話をいただき、刊行に至ったこと、大変嬉しく感謝の言葉もない。

さて、私は幼少の頃から現在に至るまで、舞台で演じるような習い事が大好きで、バレエ、ダンス、演劇、声楽（クラシック、ミュージカル、シャンソン）等、数々の発表会の舞台に立ってきた。それらのどれも大成せず、結局素人の発表会芸で終わってしまったが、今も舞台に生きる職業、またそういった方たちに、尽きせぬ憧れを抱いている。

二十歳の頃書いた、宝塚歌劇を舞台にした第一作（今想えば、とても小説とは言えないような酷い代物）から現在まで、一貫してバレエ、オペラ、演劇、フィギュアスケート等をテーマに扱ってきたのも、みずからの見果てぬ夢を、せめて登場人物たちに叶えてもらいたい、という願望の表れと言える。

それらの作品のヒロインは、ほぼ全員が現役で活躍している、若く美しいトップクラスのスターたちで、年齢も二十代前後と設定したものがほとんどだった。

が、私自身、もう若いとは言えぬ年齢にさしかかった今、少し上の世代の女性を主役とした話を描きたくなった。そのほうが自分の感覚にしっくりくる、と言えようか。

本作『ヴァリアシオン　白鳥たちの舞』のヒロイン、白浜由美は、かつて国際的に活躍し名声を博した大プリマだったが、現在は引退し後輩の育成、指導に当たっている四十代の女性だ。その彼女が出会い、教えた生徒たちとのエピソードを、オムニバス形式で描いた。

このような作品にしたのには、もう一つ理由がある。これを執筆していた当時、私はさる同人誌に属しており、そこに載せるためには、ページ数の制限もあり、短編でないと扱ってもらえない。だが希望としては長編を書きたい。そこで思いついたのが、一話完結の短編集の形式をとりながら、全体をまとめて読めば、一貫した大きなストーリーになっている、という形で、最近の連続ドラマなどでもよく見られるタイプだ。本作も、読者の皆様が短編集として、また同時に白浜由美のスクールでの日々を描いた長編としても、お楽しみいただければ、と願っている。

実は現在、その同人誌は廃刊になり、本作は未掲載のまま終わってしまったが、こうしてここに出版できることの喜びを、改めてかみしめている。

最後に、長年私に小説創作をご指導くださった高橋光子先生、その教室や同人の仲間たち、私を支えてくれた家族、この作品を読んでくださるすべての読者の皆々様、そして何より、お世話になった文芸社の方々に、心からの感謝を捧げたい。

二〇一九年八月

筆者

著者プロフィール
渡邊 裕子（わたなべ ゆうこ）

東京都出身。

少女時代にバレエのレッスンを受ける。

成城大学文芸学部芸術学科卒業。

現在、不動産関係の会社に勤務
趣味はオペラ、ミュージカル、バレエ、フィギュアスケート等観賞。

声楽レッスン、音楽鑑賞、読書等。

著書に『不死鳥の舞』（2001年、文芸社）、『第二幕』（2004、文芸社）等がある。

ヴァリアシオン 白鳥たちの舞

2020年1月15日 初版第1刷発行

著 者 渡邊 裕子
発行者 瓜谷 綱延
発行所 株式会社文芸社
〒160-0022 東京都新宿区新宿1－10－1
電話 03-5369-3060（代表）
03-5369-2299（販売）

印刷所 株式会社フクイン

ISBN978-4-286-21175-6